VERLIEBT IN DEN DON

EINE BAD BOY MILLIARDÄR LIEBESROMAN

MICHELLE L.

INHALT

Veröffentlicht in Deutschland:

Von: Michelle L.

© Copyright 2021

ISBN: 978-1-64808-704-2

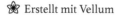 Erstellt mit Vellum

KLAPPENTEXTE

Er ist der Don. Er ist mein Boss. Er ist alles, was ich immer wollte...

...aber er hat sein Herz zusammen mit seiner Frau beerdigt.
Der verwegene, verführerische Armand Rossini ist der erste Mann,
für den ich jemals wahres Verlangen empfunden habe.
Ich bin hier, um mich um seine süße, traumatisierte Tochter Laura zu
kümmern. Nicht um sein Bett zu wärmen.
Aber Armand hat andere Pläne. Und ich kann mich gegen seinen
Charme nicht wehren.
Die Verführung ist vollkommen. Der Sex ist unglaublich. Aber es
gibt eine Grenze:
Seiner Frau, kaum zwei Jahre tot, gehört sein Herz. Nicht mir.

Nun ist das Unerwartete eingetreten: Ich bin schwanger.
Armand hat versprochen, sich um mich zu kümmern. Ich beginne
jedoch, daran zu zweifeln.
Man kann eine Schwangerschaft nicht ewig verbergen. Schon gar
nicht mit seiner herrischen, neugierigen Mutter in der Nähe.
Nun, sie hat es herausgefunden und auf die Hochzeit bestanden. Und
mir nichts, dir nichts wurde ich die Frau des Don von New York.

Ich bin nun die Frau des Mannes, der mich davor gewarnt hat, mich in ihn nicht zu verlieben – und ich bin in Gefahr. Kann Armand sein Herz rechtzeitig wiederfinden, um mich zu retten?

~

Ich habe etwas übrig für liebenswerte Mädchen, die sich gut mit meiner Tochter verstehen... und Daniela ist genau mein Typ.

... Zu schade, dass ich sie nicht lieben kann.
Vor zwei Jahren verlor ich meine Frau. Meine Liebe, die Mutter meines kleinen Mädchens. An diesem Tag starb auch mein Herz. Daniela ist wunderbar: die Anmut ihres Körpers, die Güte ihrer Seele. Ich möchte ihr jede Nacht das Paradies eröffnen. Aber, sie ist nicht meine Frau.
Sie ist nur meine Geliebte und eine Freundin. Sie passt auf mein Kind auf.
Ich wünschte, ich könnte sie lieben. Sie verdient Liebe. Sie verdient alles.
Aber alles was ich ihr geben kann, sind guter Sex und ein großzügiges Gehalt.

Nun hat mir ein alter Feind den Krieg erklärt. Tötete meinen Vater. Machte mich zum Don — mit einem tödlichen Kampf im Anmarsch. Und Daniela erwartet ein Kind von mir.
Ich habe keine andere Wahl, ich muss sie heiraten. Aber was für ein Monster heiratet eine Frau, wenn er weiß, dass er ihr niemals Liebe geben kann?

Daniela verdient viel mehr, als ich ihr geben kann. Der Tod meiner Frau ist einfach noch zu frisch.
Aber wenn mein Feind ihr Leben gefährdet, werde ich alles dafür tun, um sie zu retten.

1

Daniela
    Als ich ein kleines Mädchen war, erzählte mir meine Großmutter immer die Geschichte, wie die Rossinis unsere Familie vor den Faschisten gerettet haben. Ich verstand damals nicht wirklich, was Faschismus bedeutete, oder warum diese Leute meine halbe Familie getötet hatten, bevor dem Rest die Flucht nach Amerika gelang. Damals dachte ich, Faschisten seien eine Art Orks, wie ich sie aus *Herr der Ringe* kannte —haarig und mit kleinen, leuchtenden Augen. Ich wusste nicht, dass es Menschen waren.

    Nonna erzählte mir, dass sie unsere Kultur nicht mochten und unsere Politik oder die Tatsache, dass meine Urgroßmutter mit einem Franzosen verheiratet war. Sie erzählte mir auch, dass die Faschisten unser Geld und unser Land wollten. Den einzigen Menschen, denen wir unsere Sicherheit anvertrauen konnten, waren jene, die sich außerhalb des Gesetzes bewegten.

    La Famiglia. Die Leute, über die wir alle Bescheid wissen, über die aber niemand spricht. Die Rossinis waren die einzige Helden, die unsere Familie finden konnte. Und jetzt —Jahrzehnte später und unter ganz anderen Umständen—sind sie die einzigen, an die ich mich wenden kann.

Als Kind habe ich mich gefragt, wie es wohl für meine Großeltern und ihre Familien war, den weiten, dunklen Ozean auf Frachtern und in Richtung New York zu überqueren. Sie mussten so gut wie alles zurücklassen und verkauften ihr Land an die einzigen Menschen in Sizilien, die stark genug waren, sich den Faschisten entgegenzustellen. Meine Familie schaffte es gerade noch, Amerikaner zu werden, sie bettelten neben Millionen anderen um Asyl von denen die meisten abgewiesen wurden

Wir gehörten zu den glücklichen. Heute frage ich mich, ob die Rossinis auch dabei ihre Finger im Spiel hatten. Falls es so war, haben sie damit meine Familie gerettet.

"Diese neuen Gangster mit ihren schicken Autos und dicken Kanonen, sie wissen doch gar nicht, wie die alten Familien aus Sizilien und Bari wirklich waren. Wie viel sie für ihre Leute getan haben. Daniela, das sind harte, gefährliche Männer — aber manchmal braucht man eben solche Männer. Wir verdanken der kriminellen Rossini Familie unser Leben und das wird immer so sein." Nonnas Worte klingen mir noch in den Ohren, als ich die Ausfahrt Richtung Upper East Side nehme.

Ich parke meinen verbeulten Volkswagen zwei Blocks von dem Tor entfernt, das zum massiven Kalksteinhaus der Rossinis führt und gehe den restlichen Weg zu Fuß. Mit einem Schirm vor dem Gesicht versuche ich zu verhindern, dass mir der Schweiß mein Make-up ruiniert. Die Juli-Sonne scheint heute erbarmungslos und ich muss besonders gut aussehen. Ich achte darauf, meinen schäbigen Schirm in den Büschen zu verstecken, bevor ich an die Türklingel herantrete und den Knopf drücke.

"Wenn du jemals Arbeit brauchst, Daniela, falls du jemals verzweifelt bist, kannst du zu ihnen gehen. Sie werden dir einen normalen gut bezahlten Job geben. Alles was du tun musst, ist Schweigen zu bewahren über alles, was du dort hörst oder siehst." Nonna hatte mir das ein paar Jahre nach Mamas und Papas Beerdigung erzählt, kurz nachdem sie erkrankte.

Ich hätte nie gedacht, dass ich ihren Rat tatsächlich befolgen würde. Doch hier bin ich, ein Mädchen, das höchstens mal als

Falschparkerin überführt wurde, mit der Absicht die mächtigste Gangsterfamilie New Yorks um einen Job anzuflehen.

Ich hoffe nur, dass sie sich innerhalb von drei Generationen nicht zu einem Haufen Drecksäcke entwickelt haben, so wie die übrigen Mafiosi, über die Nonna sich immer beschwerte.

Ich nehme mir noch einen Augenblick, um mich zusammenzureißen und mein Erscheinungsbild in einem kleinen Taschenspiegel zu kontrollieren, während ich auf eine Antwort warte. Den alten, silbernen Taschenspiegel in seinem Etui aus Roségold hatte Nonna mir in ihrem Testament vererbt. Sie ist tot, genau wie alle anderen, sonst würde ich zu meiner eigenen Familie gehen. Was die Faschisten meiner Familie nicht anhaben konnten, erledigten Zeit, Krankheit und Pech.

Ich sehe gut aus, dachte ich mir während ich das Mascara um meine großen, blauen Augen überprüfte. Mein kleiner Mund wird durch ein dezentes Rosa betont; mit meinen dunklen Haaren und heller Haut, konnte ich keinen dunklen Lippenstift tragen oder ich sah gotisch aus.

Ich höre ein „Klick" und die beiden Kameras am Tor richten sich auf mich wie die Augen eines Chamäleons. „Kann ich Ihnen helfen?" fragt eine ruhige Frauenstimme.

„Ähm, Ich habe heute einen Termin mit Mr. Rossini, wegen dem Stellenangebot? Ich bin Daniela -"

„Stimmt," unterbricht mich die Stimme. „Würden Sie kurz in die Kamera schauen?"

Ich hebe mein Gesicht und halte still. Ich weiß nicht, ob sie mein Gesicht mit der Ausweiskopie abgleicht, die ich in einer Email geschickt habe oder ob es etwas Gehobeneres, wie Gesichtserkennung, ist. Ich weiß nur, dass sie nichts Verdächtiges über mich finden wird, egal wie tief sie gräbt. Doch das hindert meinen Magen nicht daran, sich zu verkrämpfen.

„In Ordnung, Miss Orsino, willkommen in der Rossini-Villa. Bitte gehen Sie den Weg zum Haupteingang entlang. Mein Büro befindet sich hinter der ersten Tür des linken Flurs." Es ertönt ein Summen und Klicken und das Tor öffnet sich.

Während ich die Einfahrt entlanglaufe konzentriere ich mich darauf, ruhig zu bleiben; ich bin entschlossen, mir diesen Job zu schnappen. Ich habe keine Wahl. Sollte ich auf Sozialhilfe angewiesen sein, werde ich wohl in meinem Auto schlafen müssen.

„Sei stark, Daniela," ermahne ich mich leise und achte gleichzeitig darauf, mein letztes gutes Paar Schuhe nicht zu verschrammen. „Du schaffst das."

Das Stadthaus, erbaut aus Kalksteinplatten, erhebt sich über den schmalen, schwarz umzäunten Garten, der das Haus umgibt. Es ist ein Traum des Vergoldeten Zeitalters, dessen Bogenfenster in der Sonne leuchten. Ich betrete die wundervoll gefliste Terrasse und blicke durch die verglaste Tür auf das Foyer. Es ist so groß wie die Lobby eines Theaters: Fliesen, weiße Wände, eine große Treppe mit rotem Teppich und eine Flurabzweigung auf jeder Seite.

Niemand erwartet mich auf der anderen Seite der Tür und das löst erneut ein nervöses Kribbeln in meinem Magen aus. *Nein, Moment, sie sagte gehen Sie herein und kommen Sie zu meinem Büro. Ich werde also einfach hineingehen.*

Ich schicke ein leises Stoßgebet gen Himmel, drücke die Tür auf und gehe hinein. Die Luft drinnen ist frisch und kühl und trockener als die Luft draußen. Ich atme erleichtert auf und drehe mich schnell Richtung Flur auf der linken Seite.

„Na hallo." Erklingt eine männliche, tief säuselnde Stimme in meinen Ohren. Ich schaue die schwungvolle Treppe hinauf und erblicke eine große Gestalt. Und ganz plötzlich, verschlägt es mir den Atem.

Ich blicke in die grünsten Augen, die ich je gesehen habe. Verengt und vergnügt, sie befinden sich in einem schmalen, gebräunten Gesicht mit einer römischen Nase und einem sinnlichen Mund. In den Augen schimmern goldene Pigmente und bronzefarbene Strähnen in den schulterlangen Locken. Er trägt einen italienischen, schwarzen Maßanzug mit einem strahlend weißen Hemd, ohne Krawatte.

Seine Lippen formen sich zu einem leichten Lächeln, als er

meine weit aufgerissenen Augen sieht. „Sehr hübsch. Ich wusste nicht, dass wir Besuch erwarten."

Ich schlucke und suche verzweifelt nach den richtigen Worten. Ich weiß genau, wer da vor mir steht und ich will ihn unbedingt von mir beeindrucken. Ich will ihm keineswegs die Wahrheit sagen: dass ich hier bin, um für seine Familie zu arbeiten. Doch dieser stechende Blick macht es mir unmöglich, ihn anzulügen. Er wird mich sofort durchschauen.

„Ähm, Mr. Rossini? Ich habe angerufen," gab ich schließlich zu und errötete. „Wegen der Stelle als Kindermädchen. Ihre Assistentin Gina hat meinen Anruf entgegengenommen."

„Oh," antwortete er etwas überrascht und musterte mich mit hochgezogenen Augenbrauen. Ich habe mein bestes Kleid angezogen, das ich sonst nur für Hochzeiten oder andere, besondere Anlässe aus dem Schrank hole. Die sanfte pflaumenblaue A-Linie mit ihrer Empire-Taille, schmeichelt meine blasse Haut und meine großzügigen Kurven, ohne dabei zu viel preiszugeben. Aber mit seinem Blick auf mir, wünschte ich mir mehr Geld zu haben, für etwas Schöneres... und Reizvolleres.

„Ah, hier sind Sie." Ginas Stimme schallt durch den Flur und ich erschrecke leicht, bevor ich in ihre Richtung schaue. Ihre Stimme ist kühl, tief und autoritär wie die eines zwei Meter großen Polizisten... dabei ist sie nicht größer als 1,50 m, etwas pummelig und sieht wie eine Großmutter aus. „Sir, das ist Daniela Orsino."

„Ja, wir haben uns gerade... miteinander bekannt gemacht." Er senkt seine Augenlider und lächelt mich amüsiert an. Langsam steigt er die Stufen hinab, hält dabei unseren Augenkontakt aufrecht und je näher er kommt, desto schneller schlägt mein Herz.

So eine Reaktion kenne ich nicht von mir. Ich bin noch Jungfrau; ich war schon immer sehr religiös und ich hatte nie viele Verabredungen. Außerdem bin ich Männern gegenüber eher schüchtern, woran mich Mr. Rossinis schiefes Lächeln auf unangenehme Weise erinnert, indem es mir die Schamesröte ins Gesicht treibt. Mein sexueller Erfahrungsschatz ist seit der Pubertät nicht wirklich über das Level eines Anfängers hinausgewachsen.

Doch in diesem Moment verliere ich mich in diesen Smaragd-grünen Augen—und mir wird sofort klar, dass ich in Schwierigkeiten stecke. Ich habe diesem Mann nichts entgegenzusetzen... und wenn alles nach Plan läuft, wird er mein Chef. *Und an Sex mit meinem Chef sollte ich absolut nicht denken!*

„Gut, ich habe ihre Unterlagen hier." Die kleine Frau stellt sich entschlossen zwischen uns, der Bann ist gebrochen. Sie übergibt ihm einen dünnen Hefter und er schaut sie verwirrt an, bevor er ihr kurz zunickt. Sie stellt sich neben ihn, schaut mich an und schenkt mir ein aufmunterndes Lächeln —anschließend betrachtet sie ihren Boss als sei sie besorgt, er könne sich danebenbenehmen.

Er öffnet den Hefter, befeuchtet seine Finger um die Seiten besser umblättern zu können und zwinkert mir zu. Ich atme tief aber lautlos ein, mir ist ein wenig schwindelig und ich weiß nicht genau, was ich fühlen soll. Er ist unglaublich heiß. Er flirtet mit mir.

So etwas passiert doch nicht mir. Es ist gleichermaßen unerwartet und kraftvoll und ich kann mich kaum noch zusammenreißen. Sein freches Lächeln, während er seinen Blick über meinen Körper gleiten lässt, lässt mich vor Verlangen nach ihm erzittern.

Aber wir sind hier bei einem Bewerbungsgespräch. Eines, das mich retten oder zerbrechen kann.

Ausgerechnet jetzt, warum muss mir das ausgerechnet jetzt passieren? Mit ihm?

„Orsino. Der Name steht auf der Familienliste der alten Heimat." Entweder liest er außerordentlich schnell oder er lässt die Hälfte aus. „Hast du Erfahrungen mit kleinen Kindern?"

„Zwei Anstellungen als Kindermädchen, zahlreiche Jobs als Babysitterin und bei der Erziehung meiner Cousins geholfen. Meine Referenzen finden Sie auf der letzten Seite." Ich habe keine Ahnung, wie ich es schaffe, meine Stimme ruhig zu halten. Reden ist gar nicht so einfach, wenn dein Gegenüber dir den Atem raubt.

Seine Haltung ist entspannt, während er die dünnen Auskünfte über meine Talente und Qualifikationen durchblättert. Ich weiß, dass ich das kann — Ich konnte schon immer gut mit Kindern umgehen — aber sollte sich bereits jemand mit einem besser ausgestatteten

Lebenslauf beworben haben, könnte ich auch in der Küche oder sonst wo landen.

Na schön, dann soll es so sein. Besser Kartoffeln schälen als mein Essen aus dem Müll zu fischen.

Er hebt seinen Blick und schaut mich mit hochgezogener Augenbraue an. „Spricht irgendwas dagegen gleich einzuziehen und morgen anzufangen?"

Mir schlägt das Herz bis zum Hals und ich bringe kein Wort heraus. Ich kann nur den Kopf schütteln.

„Gut." Er leckt sich über die Lippen und sein Blick wandert erneut über meinen Körper. „Dann werde ich dich nehmen."

Ich lächle wortlos und mir läuft ein Schauer über den Rücken, während ich über die Zweideutigkeit seiner letzten Worte nachdenke.

2

Armand

Die Entscheidung, das neue Kindermädchen meiner Tochter zu verführen, ist in dem Moment gefallen, als ich in ihre großen, blauen Augen blicke und darin ihr eigenes Verlangen erkannte. Sie hat tolle Qualifikationen, sie kommt aus einer Familie, die in unserer Schuld steht und das Ergebnis ihrer Hintergrundprüfung war schon beinahe lächerlich sauber. Sie wird großartig für meine Laura sein. Nein, ich stelle sie nicht nur ein, weil ich sie vögeln will.

Aber ich werde es auf jeden Fall tun.

Süße, jungfräuliche, errötende Daniela, sanfte Stimme und lieblich. Wir befinden uns jetzt in dem großen Spielzimmer auf der oberen Etage und ich beobachte, wie sie sich meinem Baby vorstellt. Meiner Tochter zuliebe lächle ich sanft und schaue genau hin, wie die beiden miteinander umgehen.

Ich habe sie innerhalb von Minuten eingestellt und ich war bereit, sie genauso schnell wieder zu entlassen, sollte Laura nicht gut auf sie reagieren. In mir steigt seit langer Zeit wieder Hoffnung auf, als Laura sich Daniela gegenüber zugänglich zeigt, anstatt zurückzuweichen. Nun schaue ich dabei zu, wie sanft, einfühlsam und aufmunternd Daniela mit ihr umgeht und ich weiß, dass ich die richtige Entscheidung getroffen habe.

Während ich Daniela beobachte, frage ich mich die ganze Zeit, wie ihre Lippen wohl schmecken. Ihre gestrige Reaktion mir gegenüber war so stark, dass es wohl nicht viel braucht, sie in mein Bett zu lotsen. Ich frage mich, ob sie schon jemals von einem Mann richtig befriedigt wurde.

Doch in diesem Moment verbreitet sie ein wenig Magie bei meiner schüchternen, kleinen Laura. Ich lenke meine Gedanken aus meinen Boxershorts und beginne mit der Berechnung eines netten Einstellungsbonus.

Laura hat sich nie vollständig vom Tod ihrer Mutter erholt. Das kann ich ihr nicht verübeln — mir geht es genauso. Es ist immerhin direkt vor unseren Augen geschehen.

Bella wurde von dem gleichen Feuerball erwischt, der auch Jimmy und seine Frau mitgerissen hat, der gleiche, vor dem ich Laura mit meinem Körper beschützt habe, als wir in die Rosenbüsche geflogen sind. Wir kletterten beide aus den Trümmern und schrien nach ihr... aber sie war tot.

Seit dem ist nichts mehr, wie es war. Ich habe mein eigenes Verständnis von Gerechtigkeit entwickelt und den Typen, der das getan hat, ermordet. Jedoch konnte ich Laura nichts davon erzählen, um sie zu trösten. Es hätte sie ohnehin nicht trösten können.

Ich konnte ihr nur sagen, dass ihre Mama, ihr Onkel und ihre Tante so schnell gestorben sind, dass sie keine Schmerzen gespürt haben können. Was vermutlich sogar der Wahrheit entspricht. Daran muss ich mich selbst immer erinnern, wenn ich nachts aufwache und nach Bella greife, nur um eine leere Stelle vorzufinden.

Laura ist ein gutes Kind — klug, besonders für eine Fünfjährige. Aber sie ist schüchtern und trauriger, als ein Kind eigentlich sein sollte. Sie hat es sich außerdem in den Kopf gesetzt, dass Menschen sie nicht mögen. Ich bin unglaublich froh, dass sie so gut auf Danielas Herzlichkeit reagiert.

Ich habe nicht die geringste Ahnung vom Vater sein und ich hatte keine große Hilfe. Meine Mutter hat mit sechs anderen Kindern genug zu tun und mein Vater ist damit beschäftigt, die Stadt zu führen. Ich wurde darauf vorbereitet, der nächste Don zu werden, kein alleinerziehender Vater.

Natürlich liebe ich Laura. Ich versuche meine Zeit bestmöglich zu nutzen, aber sie braucht viel mehr als das — und außerdem braucht sie ein gutes weibliches Vorbild. Nach Jimmys Tod kümmert Mutter sich bereits um seine Kinder, also benötige ich die Hilfe eines Kindermädchens.

„Darf ich dir zeigen, was ich gemalt habe?" fragt Laura Daniela schüchtern und hält ihr Bild fest an ihre Brust gedrückt.

Daniela schenkt ihr ein warmes Lächeln, setzt sich auf einen kleinen Stuhl und begibt sich so auf Augenhöhe zu Laura. „Sicher Süße, lass' mal sehen."

Ich muss meinen Blick abwenden—und drehe meine Hüften leicht zur Seite, um die wachsende Beule in meiner Hose zu verstecken. Der vernünftige Teil meines Verstands sagt laut und deutlich *nicht schon wieder, Armand. Du weißt es doch besser,* aber es ist längst zu spät. Die Tatsache, dass sie Laura innerhalb von Minuten ein Lächeln abgewinnen kann, beschert mir im Handumdrehen einen Ständer.

Gina und meine Mutter beklagen sich immer über meine Angewohnheit, Lauras Kindermädchen zu verführen. Ich weiß, dass es in der Vergangenheit Probleme deswegen gab. Wir hatten innerhalb den letzten zwei Jahre schon fünf Kindermädchen, Maggie nicht mitgerechnet; sie war sechzig und musste bereits nach zehn Monaten aus gesundheitliche Gründen kündigen. Aber die anderen?

Junge Frauen, nette Frauen, die Kinder liebten. Einige etwas unscheinbar, einige recht hübsch, aber alle gut im Umgang mit meiner kleinen Tochter, deren Herz so verletzt war. Vielleicht ist es ein männlicher Urtrieb, sich zu Frauen hingezogen zu fühlen, die mein Kind gut behandeln. Aber ich konnte keiner einzigen von ihnen widerstehen.

Jede von ihnen wollte mich und jede von ihnen hatte mich. Ich habe ein starkes sexuelles Verlangen. Sie alle waren sehr, sehr befriedigt.

Guter Sex, Freundlichkeit und einen Gehaltsscheck, das war alles was ich ihnen geben konnte — aber sie alle wollten bald mehr von mir. Obwohl sie von Bella wussten, ich sie vorher gewarnt hatte und sie mich immer in schwarzer Kleidung sahen, wollten sie am Ende doch auch immer mein Herz und nicht nur meinen Schwanz. Und das wird nicht passieren. Ich habe mein Herz zusammen mit der Asche meiner Frau beerdigt.

Also sind die gegangen. Und Gina und Mutter geben mir die Schuld dafür. Zu Recht, wie ich finde.

Vielleicht wird Daniela auch gehen—vielleicht aus dem gleichen Grund. Ich hoffe nicht. Es sind erst zwanzig Minuten vergangen und Laura hat sie schon gern.

Das Problem ist, dass sie genau das so unwiderstehlich in meinen Augen macht. Unauffällig rücke ich mich etwas zurecht, drehe mich zum Fenster und atme tief durch. Ich sollte an etwas Banales denken: an die Kleidung, die Laura braucht, an das Haustier, das sie gerne hätte, an Mutters Geburtstag.

Doch stattdessen denke ich daran, wie mein Schwanz langsam in Danielas sanften Körper eintaucht und das Verlangen befriedigt, das ich in ihren Augen gesehen habe. Und diese Vorstellung schleicht sich immer wieder in meine Gedanken, egal wie sehr ich versuche, sie loszuwerden. Ich muss zugeben... seit Bella hatte ich kein so starkes Verlangen mehr nach einer Frau.

Ich werde sie also verführen. Ganz und gar und voller Genuss, bis wir beide genug voneinander haben. Und ich werde einen Weg finden, das zu tun, ohne das mein kleines Mädchen wieder jemanden verliert.

Vielleicht liegt der Schlüssel darin, Daniela ausreichend zu befriedigen. Das, und schonungslose Ehrlichkeit. Wenn sie nicht zu stark geblendet wird und ich vorsichtig mit ihr umgehe, könnte dieses Mal wirklich alles gut gehen.

Während ich meinen Blick wieder auf sie lenke, weiß ich, dass ich das Risiko einfach eingehen muss. Ich bin mir jetzt schon sicher, dass Daniela es Wert sein wird.

3

Daniela

„Und das ist dein Zimmer", verkündet Armand Rossini, mein neuer Chef und Schwarm feierlich, während er die große, getäfelte Holztür aufschließt.

Die kleine Suite auf der anderen Seite sieht ganz und gar nicht wie die Unterkunft einer Angestellten aus, auch wenn sie sich direkt neben Lauras Zimmer befindet. In dem langen Raum befinden sich ein Wohn- und Schlafzimmer sowie eine kleine Kitchenette in der Nähe der Eingangstür. Am anderen Ende führt eine Tür ins Badezimmer. Die hohe Decke und die strahlenden Fenster verleihen dem Raum etwas Romantisches. Den Mittelpunkt bildet das Messingbett mit seiner bernsteinfarbenen und weißen Bettwäsche.

Nach ein paar Schritten bleibe ich im Zimmer stehen und schaue mich um; meine schäbige Tasche mit den guten Kleidern halte ich mit beiden Händen fest. Armand hat weder das Aussehen meiner Tasche, meines Schirms oder meines alten Autos kommentiert, das ich durch den Angestellteneingang in die Garage fahren konnte. Zwischen dieser ganzen Pracht stachen mein einfaches Outfit und meine schäbige Tasche auf beschämende Weise heraus.

Das ist zu luxuriös für mich, dachte ich nervös aber ich ließ mir nicht anmerken, was ich fühlte.

„Wird das genügen?" ertönt seine Stimme neben meinem Ohr. Er berührt mich zwar nicht aber er steht so dicht neben mir, dass er es problemlos könnte. Allein die Möglichkeit lässt mich erzittern.

Ich denke an mein kleines Zimmer, nicht größer als ein Kleiderschrank, in Nonnas Haus, das nun der Bank gehört. Ich denke an die Wohnung meiner Eltern bevor sie starben und in der ich kein Zimmer hatte — nur ein rollbares Zustellbett, unter ihrem Bett. Und für einen Moment schäme ich mich.

„Es ist schön", antworte ich nur und gehe noch ein paar Schritte weiter ins Zimmer. Ich bin mir nicht sicher, ob er mit mir kommt, doch dann höre ich seine Schritte in meine Richtung und wie sich die Türe schließt. Und dann bin ich plötzlich ganz alleine mit diesem unglaublichen Mann und mit meinen Gefühlen.

Okay. Er ist mein Chef. Aber er flirtet ganz offen mit mir.

Während der Arbeitszeit bin ich ihm unterstellt. Aber abseits der Arbeitszeiten, wenn Laura ihren Mittagsschlaf hält und ich mich an mein neues Leben gewöhnt habe, ist er einfach nur ein unglaublich attraktiver Mann, der sich für mich interessiert. Und ich muss herausfinden, wie ich damit umgehe.

„So, was ich noch fragen wollte", sagt Armand und stellt sich hinter mich. „Wie ist es überhaupt dazu gekommen, dass du Gina angerufen hast? Du bist doch eigentlich viel zu sauber, um für eine Familie wie meine zu arbeiten."

Die Ironie in seiner Stimme ist mir nicht entgangen. Ich drehe mich um, lächle ihn etwas verkrampft an und halte meine Tasche noch etwas fester. „Während des Colleges habe ich bei meiner Großmutter gelebt. Sie war die einzige Verwandte, die ich noch hatte. Nach ihrem Tod blieben mir nicht viele Optionen."

„Ich verstehe" murmelt er nachdenklich und ich kämpfe gegen das Bedürfnis, meinen Blick abzuwenden. Er macht keine Bemerkung über meine Armut, sondern über meine Unschuld. Doch das ist nichts, wofür ich mich schäme; ich bin zwanzig, keine vierzig.

„Nachdem mein Urgroßvater beschlossen hatte, so viele Familien wie möglich aus Italien herauszuholen, wurde das... zu einer Art Familienlegende. Aber die meisten von ihnen sind schließlich einfach ihren eigenen Weg gegangen. Ich schätze, das Familienunternehmen hat sie abgeschreckt.

„Ich muss zugeben, dass ich immer etwas überrascht bin, wenn jemand aus diesen Familien zu uns kommt." Er behält diesen nachdenklichen Ton bei und während ich mich auf einen gold-gepolsterten Stuhl setze, macht er es sich mir gegenüber, auf einem Sessel bequem. „Hast du keine Angst vor uns?"

Seine Frage und seine lässige Haltung, wie eine müde Katze, sind so sanft und kokett, dass ich unsicher bin, wie ich reagieren soll. Schließlich antworte ich, „Ihre Familie hat meine gerettet. Das mag ja schon Generationen her sein, aber wir haben das nicht vergessen. Ich habe kein Problem damit, für Sie zu arbeiten, solange ich niemanden verletzen muss."

Lachend richtet er sich auf. „Das wird niemals passieren. Du bist wegen meiner Tochter hier und das ist alles. Natürlich wird dich einer meiner Männer begleiten, wenn du mit ihr das Haus verlässt und ich nicht da bin. Du kannst auch darüber nachdenken, ob dich jemand begleiten soll, wenn du alleine ausgehst. Die Dinge sind gerade etwas... brenzlig... da draußen."

Ich blinzle etwas schockiert und stelle meine Tasche ab. „Darüber habe überhaupt nicht nachgedacht. Sind die Leute, die für Sie arbeiten denn normalerweise in Gefahr, einfach weil sie Ihnen... helfen?"

„Normalerweise nicht. Aber du musst das verstehen. Wir haben Ehre. Unsere Rivalen... nicht." Er richtet sich noch weiter auf und sein Ton wird ernster. „Sie versuchen sich daraus einen Vorteil zu verschaffen, als sei Ehre eine Schwäche.

Das bedeutet also, das manchmal ein Kindermädchen, eine Haushaltshilfe oder unser verdammter Pizzabote entführt wird oder bedroht oder was auch immer. Sie glauben, sie können uns einschüchtern, wenn sie die Sicherheit unserer Angestellten bedrohen."

Ich atme tief durch und bemerke erst jetzt, dass ich die Luft angehalten habe. „Was passiert dann?"

„Mein Vater hat auch andere Leute gerettet, und dann geht es den Entführern an den Kragen. Unsere Gnade gilt ausschließlich den Unschuldigen, verstehst du?" Während er redet, starren mich seine leuchtenden Augen an und ich fühle einen weiteren Schauer, der mich durchfährt.

„Ich schätze, Sie sollten mir dann ein paar Ihrer Jungs vorstellen. Es wird zwar merkwürdig sein, mit einem Bodyguard einkaufen zu gehen aber... Ich habe aber auch keine Lust darauf, entführt zu werden." Ich lächle etwas gequält und er lacht leise. Der düstere Ausdruck verschwindet von seinem Gesicht.

„Du bist ein wahrer Schatz," sagt er und ich erröte von Kopf bis Fuß. „Das hier sollte gut funktionieren. Du hast ein grundlegendes Verständnis dafür, wie die Dinge hier laufen, ich muss mir keine Sorgen um deine Moral und deinen Verstand machen und Laura mag dich jetzt schon."

„Na, das hoffe ich. Ich habe sie gerne." Ich blinzle und zögere ein wenig, denn ich bin unsicher, wie viele Fragen ich über das süße, schüchterne Mädchen stellen kann, ohne neugierig zu wirken. „Sie wirkt nur etwas... ruhig. Gibt es irgendwelche Probleme oder Umstände, von denen ich wissen sollte?"

Sein Lächeln verschwindet und er nickt. Er schaut aus dem Fenster und beobachtet einen Rotkardinal, der sich auf einen Ast setzt. „Sie musste den Tod ihrer Mutter mit ansehen. Wir beide mussten das. Es ist jetzt ein paar Jahre her, aber über so etwas kommt man nicht so schnell hinweg, vielleicht niemals."

Ich schlucke und blicke ihn mit einer Mischung aus Horror und Sorge an. Ich fühle nicht nur mit dem kleinen Mädchen, dessen Wohlbefinden nun auch in meinen Händen liegt, sondern auch mit dem Mann vor mir, in dessen glühenden Augen ein Hauch Trauer durchschimmert. „Was... kann ich tun, um ihr die Dinge zu erleichtern?"

„Nicht weggehen," antwortet er. „Sie hat bereits zu viele Menschen verloren."

Ich weiß nicht, was ich sagen soll, also nicke ich wortlos. Ich habe nicht die Absicht wegzugehen. Ich wüsste ja auch gar nicht wohin. Aber jetzt habe ich, neben meiner eigenen Verzweiflung, noch einen Grund zu bleiben.

... Nicht zu vergessen, die wachsende Schwärmerei für den Mann mir gegenüber.

„Ich werde dich den anderen später vorstellen und dir ein paar Personen nennen, die du anrufen kannst, wenn du gefahren oder abgeholt werden musst. Im Moment sind die meisten leider beschäftigt. Wir bereiten eine Party für heute Abend vor. Du musst Laura dann beschäftigen, bis sie ins Bett muss und du solltest anschließend in ihrer Nähe bleiben." Er gibt die Anweisungen klar und deutlich und ich nicke zustimmend.

„Ich sollte mich heute Abend ohnehin hier einleben." Ich bin noch immer dabei zu verarbeiten, dass dies hier wirklich passiert. Ich werde nicht obdachlos sein. Zwar muss ich dieses Semester trotzdem sausen lassen, aber wenn ich ein Jahr lang spare, kann ich das Schulgeld selbst bezahlen. „Ich habe aber noch eine Frage..."

Ich sehe ihn an und merke, wie er sich weiter zu mir vorlehnt, Ellbogen auf die Knie gestützt und sein Blick fest auf mich gerichtet. „Nur zu."

„Gäbe es die Möglichkeit mir einen Platz zu geben, an dem ich malen kann. Ich schätze, Sie wollen keine Ölfarben in den Schlafzimmern." Ich lächle ihn verlegen an.

Meine Malutensilien sind noch immer in meinem Schul-Spind— falls sie ihn noch nicht ausgeräumt haben. Ich bin zwar erst vor drei Tagen aus den Kursen ausgestiegen, aber ich hoffe doch, dass ich noch Zeit habe, meine Sachen zu holen.

„Du bringst meinem kleinen Mädchen ein paar Grundlagen der Malerei bei und ich sorge dafür, dass du ein ganzes Atelier bekommst." Er blickt auf meine Tasche. „Ich habe gar keine Mal-Utensilien bei dir gesehen."

„Die sind noch auf dem Campus", gebe ich zu. Ich kann wirklich nichts vor ihm verheimlichen. „Alles andere habe ich hier drin."

Er blickt mich erstaunt an und büßt dabei ein wenig von seiner weltmännischen Haltung ein. „Das ist alles? Ist dein Zuhause abgebrannt?"

Ich schließe meine Augen und lege mir die Hand aufs Herz, als mich eine schmerzhafte Traurigkeit durchfährt. Vor drei Tagen hat die Bank die Polizei zu mir geschickt. Niemand hat mir vorher Bescheid gegeben; niemand hat mich vorgewarnt.

„So was in der Art," antworte ich leise.

Fünf Minuten. Die Polizei hat mir fünf Minuten gegeben, alles einzupacken, was ich finden konnte. Ansonsten hätten sie mich wegen Hausfriedensbruch verhaftet. Was zur Hölle sollte ich denn einpacken? Klamotten, meinen abgenutzten Laptop, Nonnas Medaillon, ein paar Fotos? Den Ordner mit meiner Geburtsurkunde?

„Was ist passiert?"

Ich schaue ihn an, meine Anziehung und Einsamkeit streiten mit meinem Verstand. Ich möchte mich ihm so gerne anvertrauen, aber ich will auch nicht schwach wirken. Schließlich erzähle ich ihm einfach die Fakten.

„Meine Großmutter ist gestorben und die Bank hat sich unser Haus geholt. Vor drei Tagen hat die Polizei mich ohne Vorwarnung hinausgeworfen." Ich senke meinen Blick und bemerke erst jetzt, dass ich meine Hände fest zusammenpresse. Langsam löse ich meinen Griff wieder.

„Oh." Sein Blick fällt erneut auf meine Tasche. „Mein Beileid. Wir besprechen morgen den Kauf neuer Sachen."

Noch eine Überraschung. „Das ist nicht nötig—" fange ich an, doch er hebt einfach nur eine Hand und erhebt sich langsam aus dem Sessel.

„Unsinn, was du hier hast, reicht doch nicht. Das geht auf meine Rechnung, keine Sorge." Er zwinkert mir zu und steht auf. „Jetzt wirst du erstmal mit Laura in der Küche zu Abend essen. Sie muss um acht Uhr ins Bett. Anschließend kannst du frei über deine Zeit verfügen, solange du deine Räume nicht verlässt."

Er drückt mir eine Karte in die Hand. „Das aktuelle W-LAN-Passwort. Es wird zweimal pro Woche geändert. Ich werde darauf achten, dass du jedes Mal informiert wirst."

Als ich die Karte entgegennehme, berühren sich unsere Finger leicht und ein Schauer durchfährt mich von Kopf bis Fuß. Dann dreht er sich um und geht, verlässt mein Zimmer und schließt die Türe hinter sich.

4

Armand

Ich möchte gerne den Nachmittag damit verbringen, die liebenswerte kleine Daniela besser kennenzulernen aber die Pflicht ruft. Oder besser gesagt, meine Mutter ruft.

Ich begebe mich in die luxuriöse, obere Etage, auf der meine Mutter das Sagen hat und nur selten für Partys oder zum Essen herunterkommt. Als ich mich der Türe zu ihrer Bibliothek nähere, machen meine Schuhe keinerlei Geräusche auf dem dicken, roten Teppich.

„Mutter? Du hast mich rufen lassen?" Ich weiß schon, um was es geht, aber es ist besser, erst einmal den Unwissenden zu spielen.

Bevor meine Mutter ihre Ausgabe von *Faust* zur Seite legt, schiebt sie ein vergoldetes Lesezeichen zwischen die Seiten. „Ich höre, du hast ein neues Kindermädchen für meine Enkelin eingestellt." Sie schaut mich mit ihren scharfen, schwarzen Augen an. „Ich verlasse mich darauf, dass du sie nicht nur aufgrund ihres Aussehens eingestellt hast."

„Das würde ich nie tun, Mutter und das weißt du auch," antworte ich geduldig und unterdrücke meinen Ärger. „Daniela ist sehr kompetent und Laura hat sie direkt angenommen. Du kannst dich jederzeit selbst davon überzeugen."

Meine Mutter ist eine streng, aber elegant aussehende Frau. Ihr dickes, eisen-gefärbtes Haar ist zu aufwendigen Zöpfen frisiert, die sich an ihrem Hals aufrollen. Ihr lavendel-silberfarbener Hausmantel riecht immer leicht nach den Zigaretten, die sie sich heimlich ab und zu gönnt. Ich runzle die Stirn, ich weiß, was dieser Geruch bedeutet.

„Irgendetwas beschäftigt dich." Sie raucht nur, wenn sie gestresst ist.

Sie seufzt, setzt ihre goldumrandete Brille ab und schaut mich genau an. „Armand, dein Vater und ich haben darüber gesprochen, und wir wollen, dass du mehrere seiner Pflichten übernimmst. Du weißt, dass der Gesundheitszustand deines Vaters auch nicht mehr so ist, wie er einmal war. Du musst dich so oder so darauf vorbereiten, seinen Platz einzunehmen."

Mir fährt ein Schreck durch die Glieder und ich frage zögerlich: „Der Arztbesuch lief nicht so gut, oder?"

Sie lächelt gequält. „Nein. Frag' ihn nicht danach. Er ist verärgert, dass der Arzt ihm seine Zigarren verbieten will." Sie winkt mit der Hand ab. „Ich habe ihm schon vorher gesagt, dass er mit seiner Diabetes nicht rauchen sollte."

Ich atme tief durch. "Welche Pflichten denn genau?"

„Mehr von den Angesicht-zu-Angesicht Angelegenheiten. Zahlungen annehmen. Kontrolle mit den Jungs. Lieferung von Unterhaltungen an unsere Konkurrenten, wenn wir Eindruck hinterlassen wollen. Wir wollen, dass du stärker in die Öffentlichkeit rückst." Sie starrt mich weiter an.

Ich starre zurück. „Was verschweigst du mir, Mutter?"

„Nun, es ist jetzt zwei Jahre her und so sehr ich deine Trauer um deine Frau verstehe, du musst an deine zukünftige Position denken. Wenn du willst, dass dich unsere Leute, unsere Verbündeten und unsere Konkurrenten als respektablen Führer von La Famiglia betrachten, dann musst du heiraten. Das weißt du."

Mich durchfährt ein Schock. „Ich kann nicht glauben, dass du damit anfängst. Würdest du wollen, dass Vater schon zwei Jahre nach deinem Tod wieder heiratet?"

Sie blickt grimmig und nickt einmal. „Ja, das würde ich. Der Don ist immer ein Familienmensch, du weißt das. Der Rest unserer Familie wird dich nie ernst nehmen, solange du herumläufst und Kindermädchen vögelst, anstatt sesshaft zu werden und zu heiraten."

Ich massiere meine Schläfen. „Nicht das schon wieder."

„Doch, das schon wieder. Ich habe das Leuchten in deinen Augen gesehen, als du hereingekommen bist. Die Neue—Daniela, richtig? Sie ist ziemlich hübsch, aber du musst einen klaren Kopf behalten. Sie ist für deine Tochter hier, nicht für dich."

Ich beiße die Zähne zusammen und zwinge mich zu lächeln. „Darüber bin ich mir durchaus bewusst, Mutter."

„Es ist ja nicht schlecht, dass du dich zu Frauen hingezogen fühlst, die ein gutes Verhältnis mit deiner Tochter haben. Aber was kommt bei zwanglosem Sex denn heraus? Bastarde, Armand. Das weißt du doch." Abwertend wirft sie die Hände in die Luft.

„Das ist nicht passiert," protestiere ich. Doch sie schüttelt nur den Kopf.

„Das ist nur eine Frage der Zeit. Du bist wie dein Vater. Glaubst du, ich habe acht Kinder, weil wir es so geplant hatten?"

Ich öffne meinen Mund und will widersprechen, dass ich mir, anders als mein Vater, vom Papst keine Angst vor Kondomen einreden lasse... aber ich sage nichts. *Das wäre eine schlechte Idee.*

Ich kann bewaffneten Feinden entgegentreten. Ich kann bei einem Polizeiverhör cool wie eine Herbstnacht bleiben. Aber italienische Mütter sind eine ganz andere Sache. Sie packen dich beim Herz und beim Gewissen, und sie wissen das auch ganz genau.

„Mutter, du hast nichts zu befürchten," versichere ich ihr. „Es wird keine Bastarde geben."

„Besser nicht, sonst wirst du das Mädchen heiraten. Du brauchst ohnehin eine Ehefrau."

Ich seufze und nicke. „Ich verstehe." Eigentlich verstehe ich es nicht. Mein Liebesleben ist meine Privatsache, Familienpflichten hin oder her. Ich verstehe aber, dass der einzige Weg aus dieser Unterhaltung darin liegt, so zu tun, als würde ich zustimmen.

„Hast du oben die Königin Mutter besucht?" Ärgert mich Tony, als ich zehn Minuten später die Treppe zum Foyer herunterkomme.

Ich verdrehe die Augen. „Ja."

Er lacht und seine sanfte, braune Augen leuchten auf. Tony ist riesig und etwas rundlich —ein Mann der wie ein Bär aussieht und der einzige Typ mit Vollbart, der für mich arbeitet. „Du brauchst nichts weiter zu sagen. Gina hat eine Anweisung für dich. Ich soll mitkommen, hat sie gesagt."

„Danke. Dann lass' uns gehen." *Scheiße.* Ich hatte gehofft, ich könnte den Nachmittag damit verbringen, mit Daniela zu flirten und mit ihr Klamotten und andere Sachen kaufen zu können. Ich kann immer noch nicht glauben, dass diese verdammte Bank ihr direkt nach dem Tod ihrer Großmutter das Haus weggenommen hat. Das sind doch die wahren Verbrecher.

Nun scheint aber die Pflicht zu rufen. Ich gehe den Flur entlang und klopfe an Ginas Bürotür, bevor ich eintrete. Sie schaut mich kurz an und steht auf. Sie trägt ein aufgesetztes Lächeln und ich weiß sofort, dass etwas im Busch ist.

„Ich habe mich schon darum gekümmert, dass dein Vater hiervon weiß, aber es ist wichtig, dass du ebenfalls Bescheid weißt. Die Frazettis haben gerade Fortunato umgebracht und seine Leute dazu gebracht, Carlo Loyalität zu schwören." Sie übergibt mir einen Ordner.

Gina ist etwas altmodisch. Ihr Computer ist leistungsstark und ihre Dateien sind makellos. Trotzdem bekommen wir bei Besprechungen immer einen Ordner mit Ausdrucken. Ihr Vorgehen ist tatsächlich etwas sicherer, deswegen beschwere ich mich nicht.

Ich öffne den Ordner und blicke auf den Ausdruck. „Das ist eine Kopie des Polizeiberichts." Ich blättere ihn durch. „Das ist der vierte kleine Fisch, den er innerhalb von zwei Wochen ausgeschaltet hat."

„Ja," sagt sie ernst. „Ganz offensichtlich will Carlo Frazetti seine Macht ausbauen, sobald er die Möglichkeit dafür sieht. Und es gibt nur einen Grund, warum er so offensiv dabei vorgeht."

„Sie planen uns auch hochzunehmen," beende ich ihren Gedan-
kengang. „Aber sie kommen zur Party und zum Treffen heute Abend.
Sie haben vorgegeben, unsere Beziehung vertiefen zu wollen."

„Ich weiß. Aber es besteht eine etwa achtzigprozentige Chance,
dass sie uns hintergehen." Sie blickt mich ernst an. „Dein Vater ist
damit beschäftigt, seine Hintermänner zu empfangen, um für die
Sicherheit heute Abend zu sorgen." Sie schaut zu Tony. „Darum
wollte ich die Sache mit euch beiden besprechen."

Ich nicke grimmig und verschränke die Arme. „Natürlich. Ich will
jeden verfügbaren Mann. Ich will die Hälfte von ihnen ganz offensichtlich in Uniform. Der Rest soll sich unter das Personal und unter
den Gästen mischen. Falls die Frazettis irgendwas vorhaben, egal wie
klein, werden sie es bereuen."

Ich habe keinen Zweifel, dass mein Vater mein Vorhaben unter-
stützen wird. Es wird unsere Männer zwar ein paar Stunden Schlaf
kosten, aber sollten wir beim Schutz unseres Heims und unserer
Familie scheitern, wäre der Preis dafür um einiges höher.

Ich blättere den Rest des Ordners durch und blicke Tony an. „Ich
weiß, dass es wenig Sinn macht, Vater zu einer Weste zu überreden,
aber ich werde Schutzkleidung tragen und ich denke, unser Personal
sollte das auch tun. Unauffällig, natürlich. Diese Bastarde sollen
keinesfalls merken, was wir mit uns tragen."

„Was ist mit dem neuen Mädchen?" fragt Tony etwas angespannt.

„Der Hintergrundcheck war sauber. Keine Verbindungen zu
anderen Familien, außer unserer, auch nicht jetzt, nach dem Tod
ihrer eigenen Familie." Ginas Gesichtsausdruck bleibt gelassen, bis
sie etwas in meinem Gesichtsausdruck entdeckt, dass sie überrascht.

Ich ringe mir ein Lächeln ab. „Sie kommt auch gut mit Laura klar.
Ehrlich Tony, das Ungewöhnlichste an ihr ist, dass sie ein Kunst-Nerd
ist. Auch wenn du meinem Instinkt nicht trauen kannst, Gina hat es
abgesegnet."

Tony schaut mich noch einen Moment lang an, bevor er zustimmend nickt. „Ich meine ja nur. Uns einen Maulwurf unterjubeln zu
wollen, klingt ganz nach ihnen."

„Das stimmt. Und zur Sicherheit werde ich Daniela im Auge

behalten. Sie kümmert sich immerhin um meine Tochter," erkläre ich ruhig—und beide zucken zusammen. „Was?"

„Nichts," antwortet Tony diplomatisch.

„Die junge Dame ist liebenswert und freundlich, zumindest wirkt sie so. Aber sie ist auch unsere neueste Angestellte. Es wäre wohl das Beste... vorsichtig bei ihr zu sein."

Verdammt nochmal, warum kümmert es eigentlich jeden in diesem Haus, was ich mit meinem Schwanz mache? Ich bin Mitte dreißig und kein Teenie mehr! Lächelnd versichere ich: „Natürlich."

Bis Sonnenuntergang versammelt sich eine ganze Reihe Autos entlang unserer Einfahrt. Luxuskarossen mit verdunkelten Fenstern, einige wahrscheinlich gepanzert. Jedes Auto spiegelt das Vermögen seines Besitzers wider. Aufpolierte Männer und Frauen, Angehörige des tiefsten Abschaums der Gesellschaft, laufen über die Stufen in den zweiten Stock, um sich in dem Ballsaal dort zu versammeln.

Gemeinsam mit Tony stehe ich auf dem Treppenabsatz über der Gesellschaft und beobachte die ankommenden Gäste. Mein maßgeschneiderter, schwarzer Anzug sowie meine weiße Krawatte sind aus einem kugelsicheren Material, nicht zu unterscheiden von Seide und Wolle und ich kann die kugelsichere Weste unter Tonys Anzug erkennen. „Sie die Handy Störsender bereit?"

Tony nickt und verschränkt die Arme vor der Brust. „Niemand hat ein Signal, bis er die Tore draußen verlassen hat. Und unsere Jungs habe ich mit Funkgeräten ausgestattet."

„Gut." Ich richte meine Krawatte ein wenig und blicke nach unten. „Ich sollte mich unter die Leute mischen, bevor die Besprechung beginnt. Das wird wohl von mir erwartet."

Er nickt zustimmend. „Wir sehen uns später. Ich werde mich mit den Jungs in Verbindung setzen, ob alles in Ordnung ist."

Partys wie diese, werden aus einem ganz bestimmten Grund veranstaltet. Sie bieten einen Treffpunkt, an dem sich unsere Liebsten versammeln können, während Männer und Frauen dutzender, krimineller Organisationen, sich hinter verschlossenen Türen beraten. Die Nähe unserer Familien trägt dazu bei, die Gemüter ruhig zu halten und sorgt dafür, dass Absprachen eingehalten werden. Und mehr als nur eine Allianz, ob zeitlich begrenzt oder beständig, wurde aufgrund von Freundschaften unserer Frauen, Mütter oder Geschwister gefestigt.

Ich spaziere durch den Ballsaal und beobachte weiter die Gäste. Die Frazettis sind mit einer ganzen Truppe gekommen. Ich sehe Carlo in Begleitung einer zehnköpfigen Gefolgschaft. Jeder im Saal richtet seinen Blick auf sie — jeder weiß mittlerweile, dass Carlo heute Abend Blut an seinen Händen hat.

Carlo weiß es am besten. Ein Jahrzehnt jünger als mein Vater, stolziert er auf seinen langen Beinen herum, von oben bis unten grau. Es fängt bei seinen gewellten Haaren, über die Augen und den Anzug bis zur blassen, ausgelaugten Haut, das einzige Anzeichen seiner Sucht. Er sieht aus wie ein Vampir, der zwischen den Leuten herumschleicht, während sein komplettes Gefolge in schwarz gekleidet ist.

Unter ihnen entdecke ich einen mondfarbenen Punkt aus Samt: Frazettis verwöhnte Tochter, Alexandra. Wunderschön, arrogant und manipulativ. Sie ist vier Jahre älter als ich und sieht aus, wie ein Sizilianischer Engel. Aber ihre hellbraunen Augen sind die hinterhältigen Augen einer geübten Kurtisane — die in ihrem Ring ein tödliches Gift versteckt.

Meine Mutter hatte einmal vorgeschlagen, dass wir beide heiraten, um das Zerwürfnis zwischen unseren Familien zu beenden. Frazetti und mein Vater haben sich ausgiebig darüber amüsiert, wie ich mit geschocktem Gesichtsausdruck versucht habe, den Vorschlag abzulehnen, ohne dabei unfreundlich zu sein. Was Alexandra betrifft, sie hat uns alle einfach ignoriert und stattdessen Tony schöne Augen gemacht - direkt vor seiner Frau.

Ich bete darum, dass meine Mutter nicht auf die Idee kommt, ihren Vorschlag heute Abend zu wiederholen. Ich werde mich dem auf jeden Fall verweigern. Sie kann mich zu einer Menge Dinge zwingen, aber ich würde lieber eine Fremde heiraten, anstatt Alexandra. Diese Frau kann eine Erektion schneller zum Erliegen bringen, als Novocain.

Während ich durch den Raum laufe und die Leute begrüße,

bemerke ich, dass der Saal so gut wie voll ist. Meine Mutter wirbelt herum und spielt Gastgeberin, ihre Beinschiene wird von dem langen, burgunderfarbenen Rock verdeckt. Niemand außer uns weiß, dass sie den Serviceaufzug nach unten benutzen musste. Es ist wichtig für uns, in dieser Schlangengrube keine Schwäche zu zeigen. Trotz unseres Vorhabens, Allianzen aufrechtzuerhalten, kann man einfach nie sicher sein, wer gerade darauf wartet, sich ein Vorteil zu verschaffen.

Und plötzlich stellen sich mir die Nackenhaare auf und ich weiß sofort, wer sich mir nähert. Ich schaue hoch und sehe Carlo, der mit einem falschen Lächeln und ausgebreiteten Armen auf mich zukommt. „Sieh' an, wer uns mit seiner Anwesenheit beehrt. Der junge Rossini. Wie geht es dir, Armand?"

Ich habe eine Million Gründe, Carlo zu hassen. Einer davon ist die Tatsache, dass er mein Bastard Cousin ist und ein Auge auf alles geworfen hat, was meinem Vater gehört — und mir. Er weiß, dass ich es weiß und bläht sich auf, als ich ihn höflich begrüße - ohne ihn dabei zu berühren.

„Guten Abend, Carlo. Mir geht es gut. Kann ich dir irgendwie helfen?" Frage ich munter.

„Ich bin lediglich an deiner Gesundheit interessiert... und an der deines Vaters." Sein Lächeln wird breiter und seine Augen starren mich an: in ihnen ist nicht die Spur einer Seele zu erkennen. Vater hat mir erzählt, dass er ein Vollstrecker war, bevor er ins Familienge-schäft eingestiegen ist.

Das kann ich mir gut vorstellen. Und es würde mich nicht überra-schen, wenn er auf dem Weg an die Spitze, ein paar seinesgleichen erschossen hat. „Meinem Vater geht es gut, Carlo. Nach der Versammlung kannst du ihn selbst fragen." Ich deute auf die große Flügeltür am anderen Ende des Ballsaals.

Er blickt in die Richtung und nickt. „Na gut, ich sehe dich dann bei der Versammlung." Und so schnell, wie er kam, verschwindet er auch wieder. Er dreht mir demonstrativ den Rücken zu, als wolle er mich dazu herausfordern, auf ihn zu schießen.

Carlo ist die Art von Widerling, der mir zum Tod meiner Frau eine Beileidskarte geschickt hat, obwohl er auf der Liste der Verdächtigen stand. Und jetzt tänzelt er durch mein Haus, vor den Augen meiner Familie und die Größe seines Sicherheitsteams übertrifft sogar die des Bürgermeisters.

Ich weiß nicht, wann ich aufgehört habe, ihn zu verdächtigen, meine Frau getötet zu haben, oder zumindest etwas damit zu tun gehabt zu haben. Ich habe einfach angefangen, ihm den Tod zu wünschen, ich verabscheue ihn und sehe in ihm eine Gefahr. Ich beobachte ihn dabei, wie er händeschüttelnd durch den Saal stolziert, wie ein Politiker auf Stimmenfang. Und in mir wächst die Überzeugung, dass er etwas vorhat.

Ich brauche einen Moment mit Vater alleine, bevor die Versammlung beginnt. Hoffentlich ist er in der Stimmung, um zuzuhören. Ich laufe in Richtung Flügeltüre, vorbei an Alexandra, die gerade mit zwei Gläsern Champagner heranstürmt.

Ich betrete den großen Besprechungsraum, gewappnet mit müder Entschlossenheit und einem schweren Herzen. Neben der verrückten Forderung meiner Mutter, mich wieder zu verheiraten und dem Frazetti-Problem, muss ich mich einfach um zu viele Dinge kümmern. Aber ich werde durchhalten, meinem Vater beistehen und die Rolle der starken, rechten Hand und des Erben spielen.

Als ich den Raum betrete, befindet er sich am Kopf des langen, furnierten Tisches aus Kirschbaumholz. Melissa, seine *Consigliere*, ist bei ihm. Eine kleine Frau mit platinblonden Haaren und etwas zu viel Make-up. Aber sie ist mindestens so schlau wie Gina und doppelt so tödlich mit der Waffe. Beide lächeln mich an, während ich mich auf den Stuhl rechts neben meinem Vater setze.

„Willst du mir erklären, warum ein Drittel meiner Männer hier im entweder Smoking oder in Kellneruniform herumläuft?" fragt mich mein Vater etwas amüsiert. Er ist ein Kopf kleiner als ich, seine harten Muskeln haben etwas Fett angesetzt und in seinem Bulldoggen-Gesicht liegt ein breites Lächeln. Ich habe seine grüne Augen, aber Gott sei Dank, den Haaransatz meiner Mutter.

„Die Sicherheit musste erhöht werden. Hast du die Info gesehen?" Er nickt und ich sinke tiefer in den Stuhl. „Sie umkreisen uns, wie hungrige Schakale."

„Lass' dich von Carlo nicht verunsichern," beruhigt mich mein Vater und hebt eine seiner fleischigen Hände. „Er hat keine Chance, sich New York zu holen. Er ist nicht mal Dritter auf der Rangliste der Mächtigen."

„Aber weiß er das? Er kann es trotzdem versuchen. Und wenn er es tut, kann das Verluste für uns bedeuten." Ich rede mit ruhiger und leiser Stimme, während die anderen den Raum betreten. Niemand soll hören, wie ich dem Don in der Öffentlichkeit widerspreche.

Mein Vater nickt verschmitzt und schaut sich den Tisch an, an dem nun Männer und Frauen aus vier verschiedenen, Gangsterfamilien Platz nehmen. Neben den Frazettis sind da noch die DeLuccas, eine Gruppe älterer Riesen und unsere engsten Verbündeten, die Long Island kontrollieren. Dann gibt es noch die Capurros, die einen Frieden ausgehandelt haben, der ihnen ein Stück des Schutzgeld-Kuchens sichert, während sie weiterhin Vaters Ring küssen. Und schließlich die Corteses, die Familie meiner Frau und die einzigen, die uns bei der Suche nach ihrem Killer geholfen haben.

Carlo kommt mit seinen Männern herein und sie belagern eine komplette Seite des Tisches. Seine Tochter setzt sich neben mich und lächelt mich flach an. Ich grüße sie höflich und wende mich wieder meinem Vater zu.

Mein Vater eröffnet die Versammlung, während ich das Ganze etwas abgelenkt beobachte, zu bewusst ist mir die Frau neben mir. Der nun folgende Austausch von Informationen beinhaltet nichts, was meine Quellen mir nicht schon längst verraten hätten. Ich bin hier, um die Frazettis im Auge zu behalten... und ignoriere alles, was Alexandra neben mir zusammenbraut.

Während sich Joe DeLucca über eine Gang von Puerto Ricanern aufregt, die ihm bei seinem Diamantenschmuggel in die Quere gekommen sind und wie er und seine Leute sich um dieses Problem gekümmert haben, beobachte ich Carlos Spiegelbild im Fenster gegenüber von mir. Er sitzt grinsend auf seinem Stuhl und während die anderen darüber diskutieren, was man gegen die aufkommenden Gangs in unseren Territorien tun kann, bleiben Carlo und der Rest der Frazettis still.

Als würden sie auf etwas warten.

Tonys und mein Blick treffen sich, er nickt kurz und spricht anschließend in das Mikrofon, das er am Revers trägt. Er hat es ebenfalls bemerkt. Was auch immer sie vorhaben, wir sind bereit.

Augenblicklich springen meine Gedanken zu meiner Tochter, die sich oben aufhält—und zu Daniela. Sie sollten bereits zu Abend gegessen haben, und mit Ginas Hilfe, sollte Laura auch ihr Bad und ihre Vitamine bekommen haben. Jetzt sollte es an der Zeit für Gute-Nacht-Geschichten und Schlaf sein.

Danach hat Daniela mit den sanften Augen frei ...

Ich zwinge meine Aufmerksamkeit wieder auf das Geschäft und ignoriere meine aufkommende Erektion. Dafür bleibt noch genug Zeit, wenn die Frazettis erst einmal mit ihrem Vorhaben gescheitert sind. Ich richte meinen Blick wieder nach vorne, gerade als Carlo sich erhebt und das Wort ergreift.

„Nun meine Herren, ich habe heute nicht viel zu verkünden, abgesehen von einer traurigen Nachricht. Fortunato ist nicht länger unter uns."

„Das wissen wir bereits, Carlo," unterbricht ihn mein Vater gelangweilt. „Du läufst jetzt schon seit Wochen herum, nimmst kleine Fische hoch und bemühst dich nicht einmal, deine Spuren zu verwischen."

Carlo blinzelt langsam und ich muss mir ein Lachen verkneifen. Leider werde ich diesem Moment von einer Hand auf meinem Schenkel abgelenkt.

Meine leichte Erektion zieht sich augenblicklich zurück, als diese gierigen, kleinen Finger sich ihren Weg über die Muskeln meiner Beine bahnen. Neben mir lächelt Alexandra verschlagen und schaut mich aus den Augenwinkeln an. Ihre Hand bewegt sich schnell Richtung Norden und es scheint, als könne sie es gar nicht erwarten, sich meinen Schwanz zu greifen.

Angewidert schaue ich sie an und schiebe ihre Hand ruppig von meinem Bein. Sie trägt nun den gleichen verwirrten Blick, wie ihr Vater vor einem Moment und ich frage mich, ob dieser klägliche Verführungs-Versuch zum Plan ihres Vaters gehört.

Aber nein. Irgendwas anderes geht hier vor und ich muss auf der Hut sein. Wer weiß schon, wie sein wahrer Plan aussieht?

5

Daniela

Nachdem ich Laura ins Bett gebracht habe, bin ich noch immer unruhig und skeptisch. Sie mag mich und ich mag sie - ich denke, wir hatten einen ganz guten Start. Ich habe es geschafft, dass sie isst, badet und ihre Vitamine nimmt; mit etwas Hilfe von Gina, die mir meinen Erfolg bestätigt hat, bevor sie ging, Aber ich habe immer noch das Gefühl, dass etwas nicht stimmt.

Zurück in meinem Zimmer, verstärkt sich dieses Gefühl nur noch mehr. An diesem großen, ungewohnten Ort, egal wie gemütlich, fühle ich mich auf merkwürdige Art verletzlich. Ich bin mir sicher, die Tatsache, dass ich mich im Haus einer Mafiafamilie befinde, hat etwas damit zu tun, aber... da ist noch mehr.

Ich gehe zu meiner Tasche und wühle durch den Inhalt, bis ich die Packung mit den Tampons gefunden habe. Der Sicherheitstyp hat mein Gepäck zwar durchsucht aber nicht alles durchwühlt. Ich weiß auch nicht, was er davon gehalten hätte, dass ich das alte Klappmesser meines Vaters zwischen meinen Sachen verstecke. Aber es gibt mir einfach ein Gefühl von Sicherheit.

Doch wovor fürchte ich mich eigentlich? Nicht vor Armand. Das einzige, was mir an ihm Sorgen bereitet ist, dass ich nicht weiß, was ich tun soll, wenn er wieder mit mir flirtet. Wahrscheinlich stolpere ich über mich selbst.

Ich gehe zum Fenster und starre über den Rasen, der in Mondlicht gehüllt ist. Es ist so schön hier und abgesehen von der großen Anzahl an Autos in der Einfahrt, ist es auch friedlich. Zumindest wirkt es so.

Die Luft ist trocken und nachdem es sich etwas abgekühlt hat, sind die Fenster geöffnet, um die frische Nachtluft hereinzulassen. Und während ich mir mein neues Zuhause weiter anschaue, weht mir der Wind sanft durch die Haare. Direkt hinter dem Zaun flimmern die Lichter der Stadt, doch dieser Ort erinnert mich an eine Oase.

Beinahe.

Ich frage mich, wie die Party unten wohl läuft. Von meinem Fenster aus kann nichts davon erkennen. Ab und zu sehe ich einen bewaffneten Wachmann vorbeilaufen.

Es ist sicherlich nichts, entscheide ich schließlich. Ich denke darüber nach, den Fernseher einzuschalten, aber eigentlich interessiere ich mich nicht besonders für Fernsehen. Obwohl die Aussicht auf grenzenloses Kabelfernsehen durchaus von Vorteil sein kann, wenn ich einmal einen Film sehen möchte.

Stattdessen schalte ich meinen Laptop ein und verwende das Passwort, um mich ins Internet einzuwählen und einen Radio-Stream zu starten. Ich entscheide mich für die Piano Guys und gehe wieder ans Fenster. Vom vierten Stock aus habe ich eine tolle Aussicht über das gesamte Anwesen.

Es wird toll sein, bei dieser Aussicht aufzuwachen, denke ich und frage mich gleichzeitig, wie lange es wohl dauern wird, bis ich mich an das alles hier gewöhnt habe.

Plötzlich höre ich etwas. Ein dumpfes Geräusch und ein Klappern von draußen . Es klingt, als wäre etwas erst aufs Dach und dann heruntergefallen. Stirnrunzelnd drehe ich meinen Kopf—und sehe etwas Merkwürdiges.

Da hängt ein Seil vom Dach, das bis zu den unteren Etagen reicht und vorher noch nicht da hing. Es ist straff gespannt und befindet sich ungefähr 10 cm von Lauras geöffnetem Schlafzimmerfenster. Ich sehe, wie es kurz vibriert.

Und dann noch einmal.

Ich schaue nach unten—und mit Entsetzen sehe ich einen Mann, der an dem Seil heraufklettert. Er ist ganz in schwarz gekleidet und somit kaum erkennbar. Ich weiß sofort, was er will — oder besser gesagt, wen er will.

Ich schnappe mir mein Messer, drücke den Alarmknopf an der Wand und rase durch die Verbindungstür zu Lauras Zimmer. Der Mond scheint auf sie herab, während sie tief und fest schläft. Auf leisen Sohlen gehe ich weiter ins Zimmer und sehe das Seil draußen an der Wand. Es bewegt sich hin und her, immer stärker, je näher der Mann kommt.

Ich fokussiere meinen Blick und lasse mein Messer aufschnappen. *Nein, das wirst du nicht.*

Ich schleiche zum Fenster. Ich kann nicht darauf warten, dass die Wachmänner ihren Hintern hier hoch bewegen. Ich muss jetzt handeln.

Ich höre den Mann schwer atmen, während er weiter klettert. Er kommt immer näher. Ich muss noch warten, aber nicht solange, dass er die Fensterbank erreicht.

Ich atme tief durch—und öffne das Fenstergitter, lehne mich hinaus und greife mir das Seil. „Was zur Hölle?" schreit der Typ—er klettert schneller und ich fühle, wie das Seil in meiner Hand wackelt.

Ich beginne das Seil mit dem Messer durchzuschneiden. Ich habe es immer gut geschärft. Innerhalb von Sekunden bin ich durch.

„Oh scheiße—„ höre ich den Typen panisch aufschreien—und im nächsten Augenblick höre ich, wie etwas in die Büsche unter dem Fenster fällt.

Er stöhnt. Er lebt noch. „Du hast es versucht," murmle ich vor mich hin, gehe in den Flur und stecke dabei mein Messer in die Tasche.

Vier riesige, bewaffnete Männer kommen mir entgegengerannt. Einer von ihnen, ein etwas älter aussehender mit braunen Haaren sieht mich an. „Was ist los?"

„Jemand hat versucht, mithilfe einer Bergsteigerausrüstung in Lauras Zimmer einzusteigen. Er liegt jetzt in den Büschen."

Er schaut die anderen drei an, die sich sofort auf den Weg nach unten machen. „Zeigen Sie es mir", sagt er leise.

Wir schleichen ins Zimmer und ich führe ich zu dem Fenster mit dem geöffneten Gitter—und dem abgeschnittenen Seil. Ich höre, wie er tief durchatmet. Er lehnt sich aus dem Fenster, schaut herunter - und unterdrückt ein Lachen.

Mit zusammengepressten Lippen führt er mich wieder in den Flur. „Das ist... definitiv ein Möchtegern-Entführer. Sie haben das Seil durchgeschnitten?"

„Natürlich. Was hätten Sie getan?" Erschöpft und erleichtert lehne ich mich an die Wand. Draußen kann ich Schritte und Schreie hören.

„Nun, ich habe eine Schusswaffe. Aber die hätte nur das Kind geweckt. Wir übernehmen von hier. Mr. Rossini wird mit Ihnen reden wollen, sobald wir alles geklärt haben." Er zögert kurz, dann schenkt er mir ein kleines Lächeln. „Gut gemacht."

Ich nicke wortlos zurück und beginne zu zittern. *Ich kann nicht glauben, dass ich das getan habe.*

Ich will Laura nicht aus den Augen lassen, also gehe ich zurück in ihr Zimmer. Ich schließe das Gitter wieder, setze mich auf die Couch und sehe zu, wie sie schläft. Ich hoffe, dass mir jemand sagt, was mit dem Eindringling passiert ist und wer er ist.

Endlich, ungefähr eine Stunde nachdem ich das Seil zerschnitten habe, betritt Armand das Zimmer und schließt die Tür. Seine Körperhaltung ist angespannt. Ich stehe auf und bin plötzlich verunsichert, dass ich etwas falsch gemacht haben könnte. Doch er läuft einfach an mir vorbei und schaut nach seiner Tochter. Dann blickt er aus dem Fenster und sieht, was von dem Seil übrig geblieben ist.

Als er fertig ist, kommt er zurück und gibt mir ein stilles Zeichen, dass ich ihm ins Nebenzimmer folgen soll. Sobald die Tür geschlossen ist, überrascht er mich damit, dass er mir seine eleganten Hände auf die Schultern legt. „Ist mit ihr alles in Ordnung?" fragt er leise.

„Sie ist nicht einmal aufgewacht", versichere ich ihm.

Er schaut mir tief in die Augen. „Bist du in Ordnung?"

Ich beginne zu zittern. Seine Hände fühlen sich so warm an, sein Griff ist gleichermaßen fest und sanft. Ich versuche zu sprechen aber alles was ich herausbekomme, ist ein leiser, verzweifelter Ton. Erst jetzt wird mir klar, wie verängstigt ich bin.

Er nimmt mein Gesicht in seine Hände... und dann unterbricht uns ein Klopfen an der Tür. „Herein", schnauzt er und bringt etwas Abstand zwischen uns. Seine ganze Haltung verändert sich und mit einem Mal benimmt er sich vollkommen professionell.

Ein großer, bärtiger Mann mit schwindenden, dunklen Locken kommt herein. „Das war's Boss. Die Frazettis wissen noch nicht, dass wir ihren Mann geschnappt haben."

„Was wissen wir bisher?"

„Er ist ihr Fahrer. Aber anstatt im Auto zu warten, hat er sich ein Kletterhaken geschnappt, ihn auf das Dach geschossen und ist die Mauer hochgeklettert; wie der Held eines Spionagefilms." Der breite Typ spreizt die Hände. „Dein neues Kindermädchen hat uns gerufen und dann das Seil durchgeschnitten bevor er das Fenster erreichen konnte."

Armand gibt einen leisen, erstaunten Laut von sich und schaut mich ernst an. „So... war das also?"

Für einen Moment blicke ich ihm tief in die Augen und sehe, wie sich seine Pupillen weiten. Zwischen uns funkt es. „Ja," sage ich leise.

Er dreht sich zu dem Mann um „Tony, bring den Fahrer in den sicheren Unterschlupf und behandle seine Wunden. Niemand sagt den Frazettis, dass wir wissen was passiert ist. Die Handy-Störsender bleiben aktiviert."

Er atmet tief durch. „Ich werde mich selbst darum kümmern. Mein Vater beendet die Versammlung. Wir können ihn in der Anwesenheit von Carlo nicht informieren, also bleibt die Sache unter uns, bis alle gegangen sind."

„Werden sie nicht merken, dass ihr Fahrer weg ist?"

Armand schüttelt den Kopf. „Nein, sie werden erwarten, dass er mit meiner Tochter verschwunden ist. Fahr seinen Wagen in die

Garage und decke ihn ab." Seine Stimme nimmt einen finsteren Klang an. „Wir werden ihn Frazetti später zurückgeben."

Tony nickt und geht und Armand verschließt die Tür hinter ihm. Dann dreht er sich zu mir und schaut mich besorgt an, seine Haltung entspannt sich langsam. „Du hättest dir eine Kugel einfangen können, als du dich aus dem Fenster gelehnt hast, um das Seil zu kappen."

Ich atme tief durch und die Erkenntnis über das, was geschehen ist, lässt mich erneut erzittern. Aber dann hebe ich meinen Blick und schaue ihn direkt an. „Ich habe entschieden, dass ich mir lieber eine Kugel einfange, anstatt zuzusehen, wie dieser Typ durch das Fenster einsteigt. Er hätte mich wahrscheinlich so oder so erschossen. Und wer hätte dann Ihre Tochter beschützt, solange die Wachmänner noch auf dem Weg waren?"

Er nimmt einen tiefen, zittrigen Atemzug und kommt auf mich zu. Geschockt bemerke ich, dass er zittert.

„Du..." er flüstert und seine Hände wandern an meinen Armen entlang. Mich durchfährt ein Schauer. „Du bist auch noch mutig. Wie kann man nur so verdammt perfekt sein?"

Dann nimmt er mich in seine Arme.

6

Daniela

Als er mich zärtlich in seine Arme nimmt, stockt mir der Atem. Ich spüre seine starken Brustmuskeln und seinen heftigen Herzschlag. Seine Umarmung wird fester aber sie tut mir nicht weh und fühlt sich nicht unangenehm an.

Ich versinke in seinen Armen, als er mich voller Begeisterung hochhebt. Als seine Lippen meine berühren, spüre ich einen enormen Glücksrausch und begierig erwidere ich seinen Kuss. Ein kleiner Teil von mir fragt sich, was ich eigentlich hier tue - das ist mein Arbeitgeber, ein Mann, den ich kaum zwei Tage kenne - doch dann werden diese Gedanken vollständig weggewischt.

Der Kuss ebbt ab und gewinnt wieder an Intensität und sorgt bei mir für eine kribbelnde Wärme. Ich fühle, wie meine Hände seine Oberarme umfassen, er hält mich fest und ich seufze gegen seine Lippen. Ich hatte nicht erwartet, dass ein einfacher Kuss sich so gut anfühlen kann. Meine Knie werden weich—und plötzlich werden sie von jeglichem Gewicht befreit.

Der Kuss wird unterbrochen und meine Füße befinden sich nicht länger am Boden. Er hat mich fest an seine Brust gedrückt und vergräbt sein Gesicht in meinem Haar. Sein Mund gleitet hungrig über meine Haut; ich schnappe nach Luft und bin von seiner gewaltigen Leidenschaft ganz überwältigt. Es scheint, als sei mein Beschützerinstinkt für Laura, das perfekte Aphrodisiakum ist.

Ich hänge an seinen Schultern und schlinge ein Bein um seinen Oberschenkel, während er meinen Hals und mein Schlüsselbein mit Küssen bedeckt. Die einzigen Laute im Zimmer sind meine Seufzer und Schluchzer. Es fühlt sich so gut an... aber schnell bin ich von der Intensität überwältigt und beginne mich zu verkrampfen.

Langsam lässt er von mir ab und lässt meine Füße wieder auf den Boden sinken; seine Arme umschlingen mich jedoch weiterhin. „Geht es dir gut?" fragt er mich erneut. Dabei atmet er schwer und schaut mich fragend an.

„Es gefällt mir", flüstere ich atemlos. „Aber... es ist... so viel mehr, als ich gewohnt bin." Ich bin für die kleine Unterbrechung unendlich dankbar. Mein Herzschlag normalisiert sich wieder und meine Anspannung löst sich.

Mit einer Hand fährt er mir beruhigend durchs Haar. „Willst du, dass ich aufhöre?"

Ich schließe meine Augen, atme zitternd ein und versuche die erotische Benommenheit die er bei mir verursacht hat, abzulegen. Sogar im Zuge der Leidenschaft ist er noch um mein Wohlergehen besorgt. Das bietet mir einen Fluchtweg... und macht mir ebenso bewusst, dass ich das hier wirklich will.

Ich habe Schmetterlinge im Bauch, als ich meine Augen öffne und direkt in seine blicke. Sich für diesen Job zu bewerben, war ein großes Risiko, doch es hat sich ausgezahlt. Und nun bin ich dabei, ein weiteres einzugehen.

„Nein," flüstere ich und lasse meine Hände über seine Brust gleiten. Ich bin schon völlig berauscht von seiner Nähe. „Hör nicht auf."

Ich bin meilenweit von meinem alten Leben entfernt - vom College und der Highschool und den enttäuschenden und aggressiven Jungs im entsprechenden Alter. Als er sein Jackett auszieht, erinnere ich mich an die Gespräche mit meinen Freundinnen über deren Freunde und wie traurig und frustriert sie ihr Sexleben beschrieben haben.

Doch das waren Jungs. Das hier ist ein Mann.

Nachdem er seine Schuhe ausgezogen hat, nimmt er mich in seine Arme. Ich verspüre ein letztes Mal eine kleinen Anflug von Angst davor, unbekanntes Terrain zu betreten, doch dann lasse ich es geschehen. Ich treffe meine Entscheidung; noch nie habe ich soviel Verlangen nach einem Mann verspürt... und ich will es genießen.

Er küsst und liebkost mich, während er mich rückwärts zum Bett führt. Seine Hände gleiten an meinen Armen entlang und anschließend über meinen Rücken. Ich spüre die Wärme seiner Finger durch meine Kleidung und den Weg, den sie nehmen.

Er ist so zärtlich, seine riesigen Hände streicheln mich sanft und langsam. Sein Hemd ist nun geöffnet und ich lasse meine Hände hineingleiten, um seine glatte Haut zu spüren. Meine Berührung lässt ihn erzittern und seine Muskeln spannen sich unter meinen Fingern an. Ich fühle die schwache Unebenheit einer alten Narbe auf seinem Rücken, sie ist lang und fingerbreit, doch sie stört mich nicht.

Er küsst meinen Hals, knabbert daran und seine Zunge bewegt sich sanft nach oben zu meinem Ohrläppchen. Seine Fingerspitzen streichen meine Brüste und gleiten wieder auf meinen Rücken, wo sie den Reißverschluss meines Kleides öffnen.

Während er mein Kleid sanft von meinen Schultern herunterzieht, berühren meine Kniekehlen die Bettkante. Als mein Kleid zu Boden fällt, stehe ich dort nur in meiner Unterwäsche und kniehohen Strümpfe. Schüchtern verschränke ich die Arme vor meinem Körper, lege die Scham jedoch schnell ab und senke die Arme wieder.

Er lenkt mich von meiner Unsicherheit ab, indem er sein Hemd auszieht, seine Hose öffnet und sie zu Boden fallen lässt. Er hat einen schlanken, geschmeidigen Körper. Er ist nicht behaart, abgesehen von dem schmalen dunklen Pfad, der in seine Boxershorts führt. Die enge Seidenshorts könnte seine Erektion überhaupt nicht verbergen. Er setzt sich hinter mich auf das Bett.

Zaghaft blicke ich in seine Richtung—und er rückt vor an die Bettkante und legt seine Lippen auf meinen Rücken. Mit Zunge und

Zähnen gleitet er über meine Haut und erfüllt mich mit einer Welle der Erregung.

Jauchzend lehne ich mich gegen ihn und seine Hände fahren über meinen Hintern und meine Hüften. Mit einer Hand hält er mich fest, während die andere nach vorne gleitet und meine Muschi zum Kribbeln bringt. Er reibt sie sanft und lacht leise: „Du bist schon feucht für mich. Gut."

Mir stockt der Atem, als er mit seiner Zunge an meiner Wirbelsäule entlang fährt; ein Gefühl von Spannung durchfährt meinen Körper. Erst dann bemerke ich, dass er mir meinen Slip auszieht. Ich spüre, wie der Stoff meine Beine entlang gleitet - ich atme tief ein, als er mich zu sich zieht.

Sein bebender Schwanz streift meinen Hintern und seine Hände gleiten über meine Brüste. Ich bin viel zu erregt, um nervös zu sein; das Vergnügen an der Erregung beeindruckt mich. Schließlich drehe ich mich zu ihm um und lasse mich von ihm auf das Bett ziehen.

Er legt mich auf dem Rücken und blickt hungrig auf mich herab; langsam zieht er seine Boxershorts herunter. Sein Schwanz zeigt sich in seiner ganzen Pracht und meine Augen werden etwas größer. Dick und dunkel, glatte, straffe und glänzende Haut. Unter meinem Blick zittert er ein wenig, als würde es ihn noch mehr erregen, dass ich ihn anschaue.

Er wirkt gewaltig; ich bin nicht sicher, ob meine Hand ihn ganz umschließen kann. Ich bin verunsichert. *Kann ich das bewältigen?*

Doch anstatt in mich einzudringen, wie ich es erwarte, zieht er mich erst vollständig aus. Er rollt meine Strümpfe herunter und küsst anschließend meine Innenschenkel. Dann liebkost er meine Muschi, bevor er sich erneut über mich beugt. Ich höre seinen schweren Atem.

Ich mache mich bereit und erwarte, dass er ungeduldig ist... und wieder überrascht er mich, indem er nach meinem BH greift.

Ich trage einen lilafarbenen BH aus Satin, der sich vorne öffnen lässt; das ist der einzige schöne, den ich besitze. Er öffnet ihn schnell und schiebt die Cups zur Seite. Als sich meine Brüste vor ihm enthüllen, sehe ich ein Leuchten in seinen Augen. Als ich den BH vollständig ausziehe, nimmt er meinen Busen in die Hand und bedeckt ihn mit Küssen.

Ich erschaudere und hebe meinen Rücken an. Obwohl meine Augen weit geöffnet sind, sehe ich nichts. Noch nie hat mich jemand an diese Stellen berührt und jetzt küsst dieser heiße, fast unbekannte Mann, diese unberührte Haut - immer und immer wieder.

Seine Lippen gleiten in die Mitte und nähern sich meinen Nippel, die schon ganz hart sind. Ich hebe meinen Rücken und biete mich ihm an - er geht dieser Bitte nach und umschließt meinen Nippel mit seinen Lippen.

Dann beginnt er zu saugen und mein Kopf ist komplett leer. Ich stöhne, werfe den Kopf nach hinten und presse mich gegen ihn. Seine Arme stützen mich, als ich hilflos und bebend daliege. In meinem ganzen Leben habe ich noch nie so viel Lust verspürt... und ich habe noch nie ein so großes Verlangen nach mehr gehabt.

„Nicht aufhören..." keuche ich und versuche zu atmen. Meine Sicht verschwimmt, während er meine Brüste mit Küssen bedeckt und seine Hände über meinen Rücken und Hintern gleiten. Mit dem letzten Funken Selbstkontrolle kontrolliere ich die Lautstärke meiner Schreie.

Doch innerhalb von nur wenigen Augenblick sind wir beide so erregt, dass ich meine Laute mit meinem Arm dämpfen muss.

Ich drehe durch, meine Muschi zieht sich zusammen und meine Nippel sind so hart und empfindlich, dass der Schmerz einfach nur *geil* ist. Er saugt heftig an mir, seine Zunge wirbelt gierig um meine Brustwarzen herum und ich recke mich und kralle mich an seinen Schultern fest. Die Lust durchfährt meinen Unterleib und baut sich weiter auf; meine Klit schmerzt vor Verlangen.

„Oh Gott," stöhne ich. „Was tust du?"

Er antwortet nicht, und das muss er auch nicht; seine Zunge fährt an meinem Brustbein entlang, zu meinem Bauch und langsam weiter nach unten.

Ganz vernebelt vor Erregung schnappe ich nach Luft, als seine Zunge meinen Bauchnabel umkreist und die feinen Haare meiner Muschi erreicht. Tiefer und tiefer, während seine Finger mich streicheln—mit seinen Schultern und Armen hält er meine Schenkel gespreizt.

Ich spüre seinen heißen Atem auf meiner Klit - und dann gleitet seine Zunge darüber und ich ringe nach Luft. Es ist zu viel! Ich will mehr... und er tut es nochmal.

Seine Zunge fährt über und dreht sich um meine Klit, erst langsam dann immer schneller und fester. Ich winde mich und erzittere, meine Hüften drücken sich in sein Gesicht und er wird immer schneller; er bewegt sich in einem festen und fordernden Rhythmus. Meine Fingernägel vergraben sich im Bettlaken und mein Verstand verschwimmt vor Lust.

Ich winde mich auf dem Bett; festgehalten an den Schenkeln, sein Kopf zwischen meinen Beinen und seine Zunge gleitet gnadenlos über die sensible Knospe. Ich höre meine verzweifelten Seufzer und kann sie gerade noch mit dem Kissen dämpfen, bevor sie sich in unkontrollierte Schreie verwandeln.

Jede weitere Bewegung seiner Zunge fühlt sich noch besser an; meine Schreie werden heiser und flehender. *Ich brauche es... ich brauche...*

Aber ich komme nicht. Er lässt mich nicht. Er treibt mein Verlangen auf den Gipfel und lässt mich um mehr flehen, doch sobald sich meine Muskeln anspannen, lassen die Liebkosungen seiner Zunge nach.

Dann - brutal, grausam, brillant - lässt er von mir ab. Bebend liege ich auf dem Bett, während er in seine Nachttischschublade greift und ein Kondom herausholt. Er stülpt es über und rollt es ab. Benebelt, fiebrig und gierig starre ich ihn an... und meine ganze Angst ist inzwischen verschwunden.

Als er nach mir greift, rutsche ich nach vorne in seine Arme und biete ihm begierig meinen Hals und meine Brüste an. Ich spüre, wie seine Hände und sein Mund mich liebkosen und meine Gedanken verschwinden in einem Meer der Lust.

Ich weiß nicht, wie viele Minuten vergehen, bevor er endlich in mich eindringt; meine Gedanken verschwimmen, als er mich auf seine festen Schenkel zieht. Sein bebender Schwanz drückt gegen meinen Bauch und dann packt er meinen Hintern und hebt mich hoch. Als ich spüre, wie sein kondomverpackter Kopf beginnt, mich zu weiten, werde ich so ungeduldig, dass ich hin und her wackle, meine Beine um ihn schlinge und ihn noch tiefer in mich aufnehme.

„O—oh!" Sein Rücken wölbt sich und sein Kopf fällt nach hinten. Ich kann im Spiegel seine starre Haltung sehen, den Mund geöffnet und die Augen halb geschlossen. Seine Brust hebt sich. „Gott, Baby, du fühlst dich so verdammt gut an", stöhnt er, vergräbt seine Finger tief in die Muskeln meines Hinterns und stößt langsam zu.

Ich jauchze wortlos; seine Berührungen erregen mich so stark, dass ich kein Wort mehr herausbringe. Jeglicher Schmerz durch die schnelle, weite Dehnung verschwindet, als seine Hüften die Arbeit übernehmen. Meine Hände gleiten über seinen Körper und bei jedem tiefen Stoß, bohren sich meine Fingernägel in seine Haut. Gleichmäßig steigert er seinen langsamen, zärtlichen Rhythmus; er bemüht sich, sich zurückzuhalten, auch als er schon zittert und schwer atmet.

Es ist wunderbar, wie sein ganzer Körper vor Erregung bebt, ich spüre jeden festen Muskel unter meinen Fingerspitzen. Nur eine Bewegung meiner Hüften und er erstarrt, stöhnt heiser auf und stößt fester zu. Er ist so kräftig... doch in diesem Moment habe ich mindestens genauso viel Macht über ihn.

Er wölbt die Hüften und bebt, als ich es wieder tue. „Ahh. Nicht, Baby, du fühlst dich zu gut an. Wir kümmern uns zuerst um dich." Und dann senkt er seinen Kopf und nimmt einen meiner harten Nippel in den Mund.

Während er gierig an mir saugt, vergrabe ich meine Finger in seinem Haar. Meine Klit sehnt sich nach mehr Reizung und instinktiv presse ich mich an ihn - erfüllt von Ekstase und doch unbefriedigt.

Dieser große, harte Gangster geht so sanft mit mir um, dabei will er mich so sehr. Und ich weiß, das ich ihn zum Schreien bringen kann, wenn ich will.

Doch in diesem Moment schmerzt meine Klit und meine Muschi umschließt ihn so fest, dass meine Beine erzittern. Ich bewege mich begeistert am Rande eines Abgrunds - aber ich habe keine Ahnung, wie sich der Fall anfühlen wird. Ich wölbe meinen Rücken, seufze unkontrolliert und flehe für mehr.

Dann spüre ich seine warme, glatte Hand zwischen uns und mit seinen Fingern erforscht er meine Schamlippen. Ich schnappe nach Luft und drücke mich an ihn, während er sich meiner Klit nähert. Zitternd atmet er durch die Nase und schließlich findet er mit seinen Fingerspitzen, den richtigen Punkt.

Ich spanne alle Muskeln an und bewege meine Hüften im Rhythmus seiner Finger. Hitze durchfährt meinen Bauch und meine Muskeln spannen sich immer weiter an.

Er atmet durch die Zähne und stößt immer schneller zu, wir bewegen uns im selben Rhythmus und mich durchfährt die Erregung von oben und unten. Ich reite seine Schenkel wie wild und er drückt mich fester an sich, während er gleichzeitig seine Finger weiter gegen mich reibt. Jeder seiner Atemzüge wird von einem Stöhnen begleitet.

Jede Bewegung seiner Finger an meiner Klit fühlt sich besser an, jeder Stoß von ihm bringt mich näher zum Höhepunkt. Ich seufze, kralle mich an ihm fest und presse mich gegen ihn, mit dem Wunsch nach mehr... und dann, ganz plötzlich geschieht es; zum ersten Mal in meinem Leben.

Die Ekstase durchfährt meinen Körper so intensiv, dass ich nach Luft schnappe, zittere und *spüre*. Mit jeder Welle die mich trifft, presse ich meine Hüften gegen ihn; meine Stimme verkommt zu atemlosen Schluchzern.

Mitten in meinem Rausch lässt Armand plötzlich von meinem Nippel ab, richtet sich auf und dringt so weit in mich ein, wie er kann.

Er gibt tiefe, knurrende Laute von ich, während sein Schwanz in mir erbebt. *Oh. Oh ja. Oh.* Ich kralle mich an ihm fest und gemeinsam erreichen wir den Höhepunkt. Anschließend sinke ich entspannt und zufrieden in seine Arme.

Angelehnt an seine schweißnasse Brust, schnappe ich nach Luft; erschöpft und kribbelig nach meinem allererste Orgasmus. Und ich bin erleichtert, nicht nur wegen der Befriedigung... sondern auch weil ich gewartet habe. Ich habe auf einen Mann gewartet, den ich so sehr wollte, dass ich meine eigenen Regeln für ihn über Bord geworfen habe.

Wir kriegen unsere Atemzüge langsam wieder unter Kontrolle, die sanfte Brise, die durch die geöffneten Fenster ins Zimmer weht, trocknet unseren Schweiß und kühlt unsere Körper. Ich hoffe, ich war nicht zu laut; Ich höre keinen Laut aus Lauras Zimmer. Das bedeutet wohl, dass wir sie nicht aufgeweckt haben.

„Mmh, ich muss dieses Ding loswerden." Er legt mich sanft auf das Kissen und gleitet aus mir heraus, das Kondom hält er dabei fest. Ich fühle, wie er mich verlässt und seufze; schon fehlt mir das Gefühl, ihn in mir zu spüren.

Er geht in Richtung Badezimmer und ich schaue ihm nach. Ich mache es mir im Bett gemütlich und werfe das Laken zur Seite, um mich etwas abzukühlen. Mein ganzer Körper fühlt sich... anders an. Entspannt, leicht und meine Haut kribbelt noch immer. Mit halbgeöffneten Augen betrachte ich die Muskeln seiner Rückseite und seine Haut, die im Mondlicht glänzt.

Er geht ins Badezimmer und schließt die Tür. Ich atme tief durch und strecke mich. Ich liege komplett nackt und komplett ausgestreckt auf der Matratze - schamlos und zu entspannt, um mich zu bewegen. Mit dem Geräusch der Dusche im Hintergrund nicke ich ein.

Ich vermute, dass er geht, doch stattdessen schlüpft er zu mir ins Bett; er ist noch immer nackt und seine Haare sind nass. „Baby, das war so gut," säuselt er und nimmt mich wieder in den Arm. „Ich bin seit Jahren nicht mehr so hart gekommen."

Ich bin nicht in der Lage zu sprechen. Überwältigt starre ich ihn an, er beugt sich vor und küsst mich auf den Mund... dann jeden meiner Nippel.

Ich winde mich und stöhne, als mich eine Welle der Erregung trifft. „Oh," bemerkt er lächelnd. „Ich schätze, da braucht jemand einen weiteren Orgasmus."

„Uh huh," bringe ich atemlos heraus. *Oh. Oh ja, bitte.*

In einer schnellen Bewegung rollt er zur Seite und lehnt sich über mich. Er schiebt einen seiner Schenkel, zwischen meine und stützt sich mit einer Hand ab. Die andere legt er auf meine kribbelnde Muschi.

„Dann wollen wir uns mal um dich kümmern," murmelt er mit leiser, liebevoller Stimme. „Ich möchte, dass meine süße, tapfere Daniela komplett befriedigt ist. Ansonsten besteht die Gefahr, dass du nicht noch mehr von mir willst."

Das werde ich immer, denke ich mir—doch schon liebkost er mich wieder und sein Mund knabbert zärtlich an meiner empfindlichen Brustwarze. Ich kann nichts tun, außer leise zu stöhnen und zu gurren, während er mich langsam zu einem weiteren Höhepunkt bringt.

Diesmal passiert es fast ohne Mühe. Langsam durchfährt die Ekstase meinen Körper und vor lauter Glück laufen mir die Tränen übers Gesicht. Er küsst sie weg und küsst mich anschließend sanft auf den Mund.

„Schlaf etwas", flüstert er mir ins Ohr. „Ich komme später wieder."

Ich kann es nicht erwarten, denke ich, als er mich mit dem seidenen Laken zudeckt und das Bett verlässt. Mein beängstigender Abend ist vergessen und ich versinke in einen erholsamen Schlaf.

7

A rmand

„In welchem Zustand ist der Fahrer?" frage ich Tony, als wir auf dem Weg zum Keller sind. Mein Vater hat mir das Verhör überlassen. Ich muss mich später dafür bei ihm bedanken.

Als ich die Stufen hinunter gehe, bin ich nicht mehr von blinder Wut erfüllt. Daniela hat dafür gesorgt. Erst rettet sie mein Kind... und dann beschert sie mir mehr Vergnügen, als es einer Frau seit langer Zeit gelungen ist. Und dank diesem Grund - dank ihr - kann ich dem Mann, der versucht hat, mein kleines Mädchen zu entführen, mit klarem Kopf begegnen.

„Nun, er hat eine Gehirnerschütterung und ein paar Schrammen wegen der Rosenbüsche, aber es ist nichts gebrochen, abgesehen von seinem Stolz vielleicht. Weißt du, dass sie solange gewartet hat, bis sie sicher wusste, dass er nicht weit kommt? Ein kluges Mädchen das da auf Laura aufpasst." Tony steckt die Hände in die Hosentaschen und schaut mich zögernd an.

„Was ist los, Tony?" frage ich ihn geduldig, während wir den Treppenabsatz erreichen und den langen Flur entlanglaufen, der die verschiedenen Flügel des breiten Kellers voneinander trennt. Er ist hell beleuchtet, wirkt etwas steril und steht somit im Kontrast zur luxuriösen Ausstattung der oberen Stockwerke. Meine Mutter geht nie hier runter und als wir vor der Stahltür stehen, weiß ich auch wieder, warum.

Er zögert, bevor die Tür öffnet. „Du darfst diesen Typen nicht zu schnell umbringen, Armand. Wir müssen herausfinden, was Frazetti vorhat."

„Ich weiß," antworte ich gelassen.

Er blinzelt und spreizt die Finger. „Ich verstehe es nicht. Wie kannst du so ruhig bleiben?"

„Sagen wir, ich habe Wege, um meine überschüssige Energie abzubauen." Und ich habe vor davon Gebrauch zu machen, sobald wir hier fertig sind. *Bis dahin, schlaf gut, Daniela.* „Davon abgesehen, hat du Recht. Er stirbt nicht, bevor wir alles wissen, was er weiß."

Aber jetzt muss dieser glücklose Hurensohn den Platz von Carlo und jedem anderen, verdammten Frazetti einnehmen, der etwas mit Lauras Entführungsplan zu tun hatte. Weil ich nicht zulassen werde, dass jemand meinem kleinen, süßen Mädchen etwas zumutet.

Gott sei Dank ist sie nicht aufgewacht. Und Gott sei Dank war Daniela mutig genug und hatte ein Messer bereit. Aber vor allem... Daniela sei Dank, dass sie sichergestellt hat, dass dieser Drecksack nicht abhauen konnte.

Tony und ich betreten den Verhörraum und ich vergrabe jeden netten und sanften Teil meiner Persönlichkeit hinter einem regungslosen Gesichtsausdruck. Es wird Zeit, das genaue Gegenteil von dem zu werden, der ich gerade noch bei Daniela war. Glücklicherweise fällt mir das bei diesem Typen leicht.

Der Verhörraum ist genau wie der Flur so gestaltet, dass er einen zermürben kann. Die Lichter sind sehr hell und beleuchten die gesamte Decke, die aus bruchsicheren Platten besteht. Der einzige Stuhl ist am Boden verschraubt und jede einzelne Oberfläche ist weiß, mit Ausnahme des wandgroßen Spionspiegels. Während ich die Drecksarbeit mache schaut mein Vater mit ein paar Anderen von der anderen Seite aus zu.

Während ich den Raum betrete, ziehe ich meine Handschuhe

wieder an und starre den Mann auf dem Stuhl an. Er ist angeschlagen und schmutzig; überall Kratzer und sein dunkler Anzug ist
zerrissen. Er ist vielleicht fünfundzwanzig und als ich den Raum
betrete, schaut er mich mit seinen braunen, angsterfüllten Augen an.

Tony schließt die Tür und lehnt sich mit verschränkten Armen
dagegen. Mein Blick wandert von Tonys Schatten zurück zu dem
Mann vor mir. Ich neige meinen Kopf und lächle ihn schief an. „So...
du bist verfickt."

Er stammelt irgendwas davon, dass die anderen herausfinden
werden, was passiert ist wenn er nicht auftaucht. Ich unterbreche
ihn, indem ich meinen Finger hebe. „Okay! Grundregel. Du redest
nur, wenn du gefragt wirst." Er zuckt zusammen, als ich in seine
Richtung greife und seine schiefe Krawatte richte. „Bis dahin hörst
du zu."

Ich ziehe die Krawatte etwas zu eng, um meinen Standpunkt zu
verdeutlichen. Dann lehne ich mich etwas zurück, verschränke die
Arme vor der Brust und schaue auf ihn herunter. Er zieht weiter an
seinen Hand- und Fußschellen. *Viel Glück.* Sie sind zugeschweißt und
müssen mit einem Brenner geöffnet werden.

„Du wolltest meine Tochter für deinen Boss entführen. Das war
der Plan, oder?" Mit weit aufgerissenen Augen nickt der Mann
zustimmend und ich nicke zurück. „Dachte ich mir. Über die Rückseite rein klettern, sie aus ihrem Bett holen, in einen Sack stopfen
und dann verfügen die Frazettis auf einmal über die wertvollste
Geisel."

Ein weiteres Nicken. Der Mann schluckt und starrt mich an. „Wir
hätten ihr nichts getan. Das war nicht der Plan."

„Du meinst das war nicht Teil des Plans, den Carlo dir genannt
hat." Ich beuge mich ganz nah an sein Gesicht. „Aber wir reden hier
von dem Mann, der seinen eigenen Vater getötet hat, um dessen Position einnehmen zu können. Stellt sich also die Frage... warum du
ihm seinen Schwachsinn glaubst? Denn ich glaube es sicher nicht."

Langsam umkreise ich ihn, die leise Wut in meiner Stimme lässt
ihn zittern und er verdreht sich beinahe den Hals, um mir zu folgen.
„Es ging darum, meine Tochter zu entführen und mich zu erpressen.

Und dann hätte Carlo sie umgebracht, um mich zu zermürben. Warum sollte er auch nicht?"

„Nein!" widerspricht der Mann sichtlich geschockt. „So war das nicht! Er ist hinter Ihnen her, nicht hinter dem Kind!"

Es dauert nicht lange und er realisiert, was er ausgeplaudert hat. Ich lache humorlos. „Und er ist nicht Mann genug, mich direkt zu konfrontieren. Er versucht stattdessen, meine Tochter als Lockvogel zu benutzen."

„Sehen Sie, Mr. Rossini," er schluckt und unter meinem starren Blick wird er immer bleicher. „Ich schwöre ich habe nur das getan, was der Boss von mir verlangt hat."

„Natürlich hast du das. Aber das bedeutet auch, dass du die Art Mann bist, der sich befehlen lässt ein unschuldiges Kind aus seinem Bett zu entführen und diesen Befehl auch ausführt." Seine Augen werden immer größer und seine Pupillen weiten sich vor lauter Angst, als ich mich ihm einen Schritt nähere.

„Wenn du dein Leben retten willst, erzählst du mir, was dein Boss gegen uns geplant hat. Jedes verdammte Detail, das du kennst."

Voller Angst starrt er mich an... das ist der Moment, in dem er einknickt. Aber nicht in die Richtung, die ich erwartet hatte.

Er grinst mich breit an. Vielleicht weiß er, dass er so oder so am Arsch ist. Vielleicht glaubt er aber auch, dass er sich so hier herauswinden kann, oder das Frazetti ihn doch noch irgendwie retten wird, bevor ich ihm eine Kugel in den Kopf jage.

Und dann fängt er an zu lachen. Laut und die Angsttränen laufen ihm dabei über die Wangen. Es scheint, als hätte er seinen Verstand verloren.

„Sie bringen mich auf jeden Fall um, egal was ich sage oder tue. Und wenn Sie es nicht tun, macht es Mr. Frazetti. Glauben Sie wirklich, sie können mir Angst machen?" Er kichert und seine Stimme zittert die ganze Zeit.

Ich werfe einen Blick rüber zu Tony, der mich etwas entgeistert anschaut und wende mich dann wieder unserem Gefangenen zu. „Pass auf, wie du das hier erledigst und ob du hier rauskommst, hängt ganz von dir ab." Meine Stimme bleibt fest und ich lasse es nicht zu, dass mich sein Nervenzusammenbruch aus der Ruhe bringt. Emotionale Belastungen gehören nun einmal zu einem Verhör, auf beiden Seiten.

„Du hast recht, du verdammter Hurrensohn. Ich habe es in der Hand. Oder im Mund. Fick dich! Ich sage gar nichts!"

Tony und ich stürzen nach vorne—ich packe den Typen am Kopf und versuche, ihm meine Finger in den Mund zu stecken, als ich sehe, dass er eine Pille darin manövriert. Er beißt mich, kommt aber nicht durch meinen Handschuh. Ich ringe mit ihm, während er versucht zu schlucken.

Plötzlich muss er würgen - und mir steigt der Geruch von Bittermandel in die Nase. Dann zieht Tony mich zurück und der Mann vor mir beginnt zu zucken und sein Gesicht färbt sich blau. An seinen Mundwinkeln bildet sich pinker Schaum und dieser furchtbare, bittere Geruch wird immer stärker.

Als ich zu husten und zu würgen beginne, zieht Tony mich aus dem Raum. Er knallt die Türe hinter uns zu, schließt sie ab und dreht sich zu mir um. „Bist du okay?"

„Eine Form von... Zyanid," keuche ich und lehne mich gegen die Wand. „Er hat genug geschluckt, um eine Reaktion mit seiner Magensäure auslösen zu können und der Raum hat sich mit Zyanid-Gas gefüllt." Ich habe zwar nur einen Hauch des entstandenen Gas abbekommen, doch es dauert eine Minute, bis ich mich davon erholt habe.

Die Türe neben uns öffnet sich, mein Vater kommt heraus und brüllt direkt los: „Was zur Hölle war das? Der Typ hat eine Giftpille unter seiner Zunge versteckt? Was ist das hier, ein verdammter Agentenfilm?"

Er stürmt auf mich zu, packt mich bei den Schultern und blickt mich trotz seiner Wut, sorgenvoll an. „Geht es dir gut?"

Ich nicke und wische mir über die brennenden Augen. Dieser widerliche Geruch ist endlich verschwunden. „Das war mehr als eine Giftpille. Er hat giftiges Gas ausgeatmet. Ich schätze der Plan war es, seine Verhörer ebenfalls auszuschalten. Aber Tony hat mich raus gebracht."

„Nun ja, dafür bezahle ich ihm auch genug. Hey Tony! Nicht schlecht!" er klopft Tony anerkennend auf die Schulter; das hebt die Moral. Es lenkt die Aufmerksamkeit von der Tatsache, dass ich unseren Gefangenen verloren habe—und beinahe auch mein Leben. *Scheiße!*

„Erst versucht er meine Tochter zu entführen und dann bringt er seinen Mann dazu, sich in eine Giftgas-Bombe zu verwandeln. Carlo hat sich von einem gierigen Arschloch zu einem echten Irren entwickelt." Meine Kehle schmerzt. Einer unserer Jungs reicht mir ein Glas Wasser und ich trinke hastig.

„Ich schlage vor, wir halten die Türe verschlossen, bis das Lüftungssystem die Luft gereinigt hat. Zum Glück hat das Untergeschoss seinen eigenen Luftumlauf, ansonsten müssten wir uns noch Sorgen darum machen, dass sich dieses Gas im ganzen Haus verbreitet." Tony schaut meinen Vater und mich an und wartet auf unsere Zustimmung, die wir ihm durch ein Kopfnicken geben.

„Carlo muss irgendwas großes planen", murmelt mein Vater vor sich hin, während wir den Flur entlanggehen. „Er hat das Treffen mit einem breiten Grinsen verlassen. Er muss darauf gesetzt haben, dass wir heute Nacht irgendetwas verlieren. Aber das haben wir nicht."

Ich nicke, sage aber nichts. Ich verfluche mich selbst darüber, dass ich keine Leibesvisitation angeordnet habe. Ich dachte nicht, dass es notwendig sein würde. Diesen Fehler werde ich nicht noch einmal machen.

Mein Vater macht sich auf den Weg nach oben zu meiner Mutter, nachdem er Tony aufgefordert hat, das Sicherheitspersonal zu verdoppeln. Ich gehe zu meiner Kleinen und versuche den Ekel und das Unbehagen dieser ganzen Tortur abzuschütteln.

Ich betrete das Schlafzimmer meiner Tochter; glücklicherweise hat sie einen festen Schlaf. Auch als ich mich ihrem Bett nähere, schnarcht sie leise weiter vor sich hin. Eines Tages werde ich ihr erzählen, was passiert ist. Aber in diesem Moment bin ich einfach nur froh, dass sie keine Ahnung hat, wie knapp sie einer Entführung entgangen ist.

Jetzt ist sie in Sicherheit. Ich beuge mich vor und küsse ihre runde, kleine Wange. Sie bewegt und streckt sich, dann öffnet sie die Augen.

„Hi, Daddy," murmelt sie verschlafen und lächelt mich an. „Ist es Zeit, aufzustehen?"

Ich keuche ein wenig in meine geballte Faust. Meine Kehle fühlt sich noch immer etwas rau an. „Nein, ich wollte nur nach dir sehen, bevor ich ins Bett gehe. Geht es dir gut?"

Mit ihrem kleinen Handrücken reibt sie sich die Augen und gähnt. „Nur ein paar komische Träume. Habt ihr Spiderman verhauen?"

„Nein, ich würde Spiderman doch nicht verhauen. Er ist nett, ich hätte keinen Grund dazu." Ich streiche ihr das Haar aus dem Gesicht. „Schlaf weiter, Süße. Morgen führen wir das neue Kindermädchen herum."

„Ich mag Daniela. Können wir sie behalten?" Sie schließt die Augen und dreht ich auf die Seite.

Mit einem sanften Lächeln denke ich an Daniela... ihr neues Kindermädchen und meine neue Geliebte. Sie hat mein Kind gerettet. Ich werde sie für den Rest ihres Lebens finanziell absichern, egal wie lange sie bleibt.

Aber ich will, dass sie bleibt. „Ich hoffe es," antworte ich und streiche ihr mit meinen Fingern über die Stirn bevor ich mich aufrichte und zur Tür gehe. „Ich bin in der Nähe, wenn du etwas brauchst," sage ich und schleiche durch die Verbindungstüre.

Daniela ist genau da, wo ich sie gelassen habe, im Tiefschlaf. Ich habe sie ausgelaugt. Während ich sie beobachte, legt sich ein verruchtes Lächeln auf meine Lippen.

Ich bin müde, meine Kehle schmerzt und ich bin beinahe gestorben. Und mein Schwanz wird trotzdem noch hart, als ich meine Kleidung ausziehe. Allein ihr Anblick reicht aus.

Ich schlüpfe ins Bett, schmiege mich an den Rücken von Daniela von hinten an und vergrabe meine Nase in ihren Haaren.

Sie bewegt sich, gibt einen sanften Laut von sich und dreht sich zu mir um; blinzelt blickt sie mich an. „Ich dachte, du bist gegangen," sagt sie mit einem verschlafenen Lächeln.

„Ich konnte nicht widerstehen zurückzukommen," entgegne ich ihr leise und küsse sanft ihren Hals. Die innere Aufruhr hat sich gelegt, nachdem ich meine Tochter gesehen habe. Der Rest von mir benötigt noch etwas Ablenkung. Und der liebliche Körper meiner neuen Geliebten ist perfekt dafür.

Sie errötet und senkt ihren Blick. Für jemanden, der nichts weiter als ein Bettlaken trägt, wirkt sie übertrieben prüde. „Ich hatte nichts erwartet... nichts von allem hier." Doch sie bewegt sich nicht weg von mir, stattdessen schmiegt sie sich näher an mich und ihr Busen drückt fest gegen meine Brust.

„Ich hatte dich nicht erwartet," murmle ich und bin für den Augenblick damit zufrieden, sie einfach nur im Arm zu halten. „Aber ich bereue nichts. Du?"

„Ich... nein. Ich muss mich nur noch daran gewöhnen. Das ist alles noch sehr neu für mich." Plötzlich errötet sie noch stärker.

Geschockt schaue ich sie an und denke an das Gefühl, als ich das erste Mal in sie eingedrungen bin. *Heilige Scheiße, ich bin ihr Erster.*

Mir gehen ungefähr fünf Millionen Dinge durch den Kopf und ich habe den schuldigsten Ständer meines Lebens. Bin ich der erste Mann, den sie attraktiv genug findet, um mit ihm zu schlafen? Oder habe ich es übertrieben und sie verführt?

Ihr Erster. Und ich kann sie nicht einmal lieben. Mich trifft eine Welle der Schuld. Ich kann mein Herz einfach keiner anderen Frau schenken, nachdem was meiner Ehefrau passiert ist.

Aber ich kann versuchen, sie gut zu behandeln.

Sanft nehme ich ihr Kinn in die Hand und zwinge sie, mich anzusehen. „Wenn du aufhören willst... wenn es dich stört... sagst du es mir. Ich werde zwar enttäuscht sein, aber keinesfalls wütend. Das gehört nicht zu deiner Arbeit. Wenn das nichts für dich ist, ist es auch nichts für mich. Also, sage es mir bitte, okay?"

„Das werde ich", verspricht sie mir... und lehnt sich dann vor, um mich sanft zu küssen.

Die geschmeidige Sanftheit ihrer Lippen macht mich wahnsinnig. Gierig lasse ich meine Hände über ihren Körper gleiten. Meine Berührungen lassen sie sanft gurren und erschaudern; ihr Atemzug wird intensiver und ihre Nippel härter. Als ich sie dieses Mal küsse, drückt sie sich an mich und spreizt ihre Beine, als ich mich auf sie lege.

Beim Eindringen lasse ich mir Zeit und sie seufzt und streckt sich unter mir, ihre Hände gleiten sanft über meine Haut. Ich tauche in ihren warmen Körper ein und versinke in ihrer sanften Umarmung; ich vergesse alle Probleme, die mich momentan begleiten. Sie ist alles, was mir durch den Kopf geht.

Ich stöhne ihr leise ins Ohr und flüstere: „Das ist es... du fühlst dich so gut an. Gefällt dir das?"

Sie wimmert und zittert, als ich eine Hand zwischen uns führe und sie noch stärker errege. „Oh j—ja ...“

Während ich langsam meine Hüften hin und her bewege, umarmt mich Ihre warme, feuchte Muschi wieder und wieder. Meine Finger spielen sanft mit ihrer Klit und wollen sie zu einem gemeinsamen Höhepunkt bringen. Doch sie ist dermaßen erregt, dass ich fühle, wie sie bereits meinen Schwanz fest umklammert.

Ich bewege mich langsam in ihr, ich genieße sie und ignoriere den inneren Drang, das Tempo meiner Stöße zu erhöhen. Sie hält mich fest, gurrt sanft und flüstert manchmal meinen Namen. Mit jedem Flüstern durchfährt mich eine wohlige Wärme.

Es ist riskant, sich so intensiv auf eine Frau einzulassen, das weiß ich. Ich kann nicht klar denken. Aber in diesem Moment, als sie zu hecheln und zu beben beginnt, ist es mir vollkommen egal.

Ich versinke tief in ihr und meine Finger gleiten über ihre Klit, bis sie nach Luft schnappt und ihre Fingernägel in meinen Schultern vergräbt. Sie wirft ihren Kopf nach hinten und keucht, die Augen fest zugekniffen und der Gesichtsausdruck voller Erwartung. Dann wölbt sich ihr Rücken nach oben und als sie sich gegen mich presst, spannen sich ihre Muskeln um meinen Schwanz an.

Ich stoße fest zu und sie wimmert und drückt sich an mich, während mein geschwollener Schwanz weitere Glückswellen durch ihren Körper treibt. Ihre Schreie unterdrücke ich mit meinem Mund und fahre weiter in ihre feuchte Wärme ein. Meine Eier und Muskeln sind angespannt; sie stöhnt und klammert sich an mir fest. Ihre Hüften heben sich und treffen auf meine.

Der Orgasmus durchfährt mich so stark, dass es beinahe schmerzt und ich höre, wie ich ihren Namen flüstere. Ich bete sie an, sie ist perfekt - ich will es auf ewig mit ihr treiben. Dann ist mein Kopf ganz leer...

...und als ich wieder zu mir komme, liege ich in ihren Armen, sanft umschlungen und völlig ausgelaugt; ich kann mich nicht bewegen.

„Oh," murmle ich in ihr Ohr und lege meinen Kopf auf ihre Schulter. Angestrengt versuche ich, meine Augen offen zu halten. „Oh Baby, sag' mir, dass wir das morgen wiederholen können."

„Ich wäre enttäuscht, wenn wir es nicht tun würden." flüstert sie, während sie meinen erschöpften, kribbelnden Schwanz noch immer in einer warmen Umarmung festhält.

Ich sollte aufstehen, denke ich, während sie ihre Beine von mir löst und meinen Rücken sanft streichelt. Sie deckt uns mit dem Laken zu und ich liege kraftlos in ihren Armen. *Ich sollte wirklich...*

Mir fallen die Augen zu und ich tauche ein in eine warme, beruhigende Dunkelheit.

8

Daniela

„Hast du Daddy gern?" fragt Laura mich eine Woche später und ich erstarre.

„Ähm... was meinst du, Süße?" Ich fühle, wie mir die Hitze ins Gesicht steigt.

Ich kann diesem kleinen Mädchen wohl kaum sagen, dass ich seit meinem Einzug, jede Nacht in den Armen ihres Daddys eingeschlafen bin, nachdem wir es bis zur Erschöpfung miteinander getrieben haben. Ich kann ihr wohl kaum sagen, dass sich unter meiner zugeknöpften Bluse zahlreiche Knutschflecken verbergen oder dass ich gerade daran arbeite, all meinen Mut aufzubringen, um seinen Schwanz mit meinem Mund zu beglücken.

Ich würde ihr das auch nicht erzählen, wenn sie volljährig wäre. Das wäre einfach zu schräg.

„Seit du da bist, ist er wieder glücklich. Er war vorher immer so ruhig. Und er ist öfter bei mir, und das ist schön." Sie blickt mich mit flehenden Auge an. „Du musst also bleiben, in Ordnung?"

Ich blinzle überrascht, dann lächle ich sie beruhigend an. „Ich werde nirgendwohin gehen. Und jetzt, möchtest du noch ein wenig malen üben?"

Das kleine Atelier ist ein umgebauter Wintergarten, genau wie Lauras Spielzimmer. Für sie steht eine Staffelei in Kindergröße neben meiner großen und sie nickt enthusiastisch, als sie eine neue Seite ihres Malblocks aufschlägt.

Ich bringe Laura gerade etwas über Sekundärfarben bei, als sich die Tür unerwartet öffnet. Eine große, vornehme, ältere Dame, die ihr silbergraues Haar zu Zöpfen geflochten und diese hochgesteckt hat, platzt ins Zimmer. Sie blickt sich im neugestalteten Atelier um, bevor ihre schwarzen Augen mich und Laura fixieren.

„Guten Morgen", begrüßt sie uns. Sie schaut mich prüfend von oben bis unten an und dreht sich dann mit einem breiten Lächeln zu Laura. „Hallo, mein Liebling. Wie geht es dir?"

„Großmutter! Du bist gekommen!" Laura springt auf und rennt zu ihr, ihren farbgetauchten Pinsel noch immer in der Hand. Reaktionsschnell nehme ich ihr den Pinsel weg, bevor Lauras Großmutter Dior-Kostüm erreicht hat.

Die Großmutter wirft mir einen erleichterten Blick zu und nimmt ihre Enkelin fest in den Arm. „Na also." Sie beugt sich nicht herunter und ihre Haltung ist etwas steif. „Wie geht es dir? Ich wollte sehen, wie es mit deinem neuen Kindermädchen läuft."

„Oh, Daniela ist so nett. Sie bringt mir die Farben bei! Möchtest du mal sehen?" Sie nimmt ihre Hand und führt sie zum Malblock; ich gehe zur Seite und beginne, den Pinsel auszuwaschen.

Mit einem Ohr lausche ich der Unterhaltung der beiden. Ich weiß, dass es zum Job eines Kindermädchens gehört, den Großmutter-Test zu bestehen. Ich nehme ihr die Überprüfung nicht übel, auch wenn sie mich ein wenig nervös macht.

Nachdem sie sich davon überzeugt hat, dass Laura mit mir zufrieden ist, lässt die Frau ihre Enkelin ein sonniges Motiv mit hellen Häusern malen und kommt zu mir. Ich setze ein gekonntes Lächeln auf und nicke ihr leicht zu, als Zeichen des Respekts. Mit gebührendem Abstand bleibt sie vor mir stehen und schaut mich erneut an.

„Ich wollte Ihnen danken, dass sei meiner Enkelin das Leben

gerettet haben.", sagt sie leise. „Ihre Mut hat sie zumindest vor einer beängstigenden Nacht bewahrt."

„Es musste getan werden", antworte ich schlicht, aber nachdrücklich. „Ich hatte Angst aber ich konnte ihn nicht in ihre Nähe lassen." Ich blicke zu Laura, die ganz im Malen einer perfekten Sonne vertieft ist.

„Nun, das sehe ich gerne." Sie hebt ihr Kinn zustimmend an und hebt ihre Stimme auf eine normale Unterhaltungs-Lautstärke. „Und Laura verehrt Sie auch. Wie kommen Sie zurecht, nach so einer... ereignisreichen ersten Woche?"

„Seit dem, ähm, Vorfall, war es nett und ruhig, daher geht es mir gut. Es dauert etwas, sich einzugewöhnen, insbesondere mit dem ganzen Sicherheitsdienst."

Abgesehen davon, dass ich mir einige neue Sachen auf Aramands Rechnung gekauft und meine Malutensilien vom Campus geholt habe, hatte ich das Grundstück die ganze Woche nicht verlassen. Aber jedes Mal wurde ich von jemandem begleitet, der eine Waffe trug.

Sie nickt und lächelt ganz leicht. „Sie sind ein nettes Mädchen. Ich würde es Ihnen nicht verübeln, wenn Sie das alles hier etwas beängstigend finden. Ich möchte nur nicht, dass die Dinge die hier geschehen sind, Sie abschrecken."

„Nein, ich ähm... ich war schon in ziemlich schlechten Wohnvierteln. Verglichen damit, ist das hier wirklich nett. Schön, sauber und normalerweise ruhig und sicher." Mein Lächeln wirkt etwas gezwungen.

Sie fixiert mich immer noch mit ihrem Blick, beinahe so, als könne sie mir direkt in den Kopf blicken. Meine Aufmerksamkeit richtet sich plötzlich auf den kleinen, wunden Punkt neben meiner Brustwarze, den Armands Mund mir hinterlassen hat und mir steigt die Röte ins Gesicht.

Nicht an Sex mit Armand denken, wenn seine Mutter vor dir steht.

„Und mein Sohn? Wie behandelt er Sie?" Sie starrt mich weiter an.

„Er ist sehr gut zu mir, besonders seit dieser Nacht." Mein Mund wird plötzlich ganz trocken und mein Herz rast. *Was weiß sie?* „Stimmt etwas nicht?"

„Nun... es gibt da etwas, dass Sie wissen sollten. Mein Sohn hat die Angewohnheit..." Sie senkt ihr Stimme etwas. „...mit Angestellten der Kinderbetreuung zu flirten."

Sie beobachtet meinen Gesichtsausdruck ganz genau und mein Mund wird noch trockener. Ihr Sohn hat sich die ganze Nacht von Kopf bis Fuß mit mir beschäftigt und hat Merkmale auf meinem Körper hinterlassen, die mich einerseits glücklich machen, während ich mich gleichzeitig davor fürchte, dass sie jemand sehen könne. Darüber hinaus ist er einfach nur freundlich und kümmert sich gut um meine materiellen Bedürfnisse.

Ich weiß nicht, ob unsere Beziehung jemals über den Status Freunde mit gewissen Vorzügen hinausgehen wird. Im Moment habe ich einfach zu viel Spaß an der Sache, um mich deswegen schlecht zu fühlen... aber ich bezweifle, dass seine Mutter das verstehen würde. Und ich habe das Gefühl, dass meine Schamröte den ganzen Raum beleuchten könnte.

„Geflirtet ja, aber nichts Aufdringliches, falls Sie sich darüber Sorgen machen. Sollte er jemals diese Angewohnheit gehabt haben, hat er sich wohl davon getrennt." Ich zaubere mir ein kleines Lächeln... doch sie sieht keineswegs überzeugt aus.

„Süße, ich sage Ihnen das nur um Ihretwillen. Armand ist kein schlechter Mensch aber auf gewisse Weise ist er verantwortungslos. Ich mache mir keine Sorgen, dass er sich Ihnen gegenüber aufdringlich oder unheimlich benimmt." Ihr Ton ist noch immer leise und sie lächelt traurig. „Ich will nur nicht, dass er Ihnen das Herz bricht."

Ich blinzle sie überrascht an. „Oh. Also das ist... ein Problem gewesen?"

„Vier Kindermädchen in sechzehn Monaten, Süße," seufzt sie. „Er ist wie ein Kind in einem Süßwarenladen. Sie verlieben sich in ihn aber er ist noch nicht über seine Frau hinweg. Also gehen sie."

Sie schaut mich wieder mit dem prüfenden Blick an. „Ich will nicht, dass Laura Sie verliert weil mein Sohn... mein Sohn ist. Also... mache ich mir Sorgen."

Oh Mann. Die Sache ist plötzlich kompliziert geworden. „Ja Ma'am, ich verstehe. Ich werde mein Bestes tun, die Dinge hier krisenfrei zu halten. Und wie ich Laura bereits sagte, ich werde nirgendwohin gehen."

Einen Augenblick lang starrt sie mich einfach nur an, dann nickt sie einmal. „Gut. Ich wollte nur sichergehen."

Doch als sie wieder zu ihrer Enkelin geht, verspüre ich erste Zweifel. Und nachdem sie uns verlassen hat und Laura ihren Mittagsschlaf macht, gehe ich zurück in mein Zimmer und öffne die Nachttischschublade.

Die Nachttischschublade, die schon vor meinem Einzug einen Vorrat an Kondomen und Gleitcreme beherbergt hat. Bereit für das nächste junge, hübsche Kindermädchen, das Armand einstellt.

Wie ein Kind im Süßwarenladen.

Ich schlucke und fühle mich unwohl—seufzend gehe ich zum Fenster und fahre mir durchs Haar. *Das sollte mich nicht stören. Und wenn er etwas für junge Frauen übrig hat, die gut mit seiner Tochter klarkommen?*

Aber eine von vielen zu sein, die gehen müssen, weil sie sich in ihn verliebt haben, aber er sich nicht in sie? Das fühlt sich merkwürdig an. Wie wichtig bin ich ihm tatsächlich?

Und wird er wirklich aufhören, mir nachzustellen, wenn die Erkenntnis einer unerfüllten Liebe zu sehr schmerzt und ich damit aufhören muss?

Ich beiße die Zähne zusammen. Ich muss mit der Sache realistisch umgehen. Er ist mein Boss und Bettpartner, nicht mein fester Freund. Und er ist ehrlich zu mir gewesen—mit allem, außer über meine Vorgänger, wie es scheint.

Aber soweit es mich angeht, müssen wir noch ein ernstes Gespräch führen.

Zwanzig Minuten später höre ich ein Klopfen an der Verbindungstüre und nehme mich zusammen. Er besucht mich während des Mittagsschlafs nicht für Sex; wahrscheinlich will er über etwas mit mir reden. Vielleicht über das gleiche Thema, über das ich reden möchte.

Er betritt den Raum und sofort fällt mir sein gieriger Blick auf, der mir jegliche Widerstandskraft raubt. Stattdessen kämpfe ich plötzlich mit einem vulkanartigen Anstieg meiner eigenen Leidenschaft. Vielleicht liegt es daran, dass alles noch so neu ist oder dem Risiko oder vielleicht auch an der Tatsache, dass er seinen Tagesablauf nur aufgrund seiner Begierde zu mir geändert hat - aber es braucht nur diesen einen Blick, um mich aus der Fassung zu bringen.

Ich will ihn nach der Warnung seiner Mutter fragen. Ich will ihn nach den Kondomen im Nachttisch fragen. Aber stattdessen werfen wir uns aufeinander, ziehen uns hastig aus und lassen Hände und Lippen über unsere Körper wandern.

„Ich brauche dich", haucht er heiser gegen meine Lippen. „Ich brauche dich jetzt."

Anstatt ihn zu konfrontieren, schiebe ich den Gedanken zur Seite und bin verärgert darüber, dass Armands Mutter ihre Nase in unsere Angelegenheit steckt. Anstatt ihn nach dem enormen Vorrat an Kondomen zu fragen, ziehe ich ihm eins über. Anstatt mich in Sorge von ihm zu entfernen, nähere ich mich und lande auf meinen Händen und Knien, als er sich von hinten über mich beugt.

„Ich kann nicht genug von dir kriegen," flüstert er gegen meinen Nacken—und dann richtet er sich mit einem befriedigenden Laut auf und stößt seinen Schwanz kräftig in mich hinein. „Oh. Oh ja, Baby."

Ich stöhne auf, als sein Schwanz aus einem Winkel in meine feuchte, bereite Muschi gleitet, den ich noch nie zuvor gespürt habe. Ich bewege meinen Hintern gegen sein Gemächt, er fasst mich an den Hüften und beginnt zuzustoßen. „Tu' es, tu' es, tu' es," flüstere ich, als er das Tempo erhöht. Seine Glückslaute werden tiefer und kratziger, während wir die Bettfedern zum Quietschen bringen.

Er packt mich mit seiner Hand an die Muschi und beginnt mich im Rhythmus seiner Stöße zu massieren. Ich spanne mich fest um ihn an und zittere noch stärker; ich spüre, wie sich der Orgasmus in meinem Körper aufbaut. „Oh ja... ja, genau so..." stöhne ich leise.

Ich habe das Gefühl, auf einem heißen Strom zu treiben und das sexuelle Verlangen durchfährt mich von den Nippeln bis zu den Knien, während sein Becken gegen meinen Hintern schlägt; wieder und wieder. Ich strecke meinen Rücken und drücke mich stärker an ihn, während seine Finger mich an den Rand führen.

„Oh!" Sein Schrei bringt mich zum Höhepunkt; ich beiße mir auf die Lippen und unterdrücke meine Schreie, als mich die Ekstase überkommt. Jede Bewegung meiner Hüften entlockt ihm einen weiteren Schrei. Er stößt noch einmal kurz zu - dann stöhnt er gegen meinen Nacken und ich spüre, wie sein Höhepunkt seinen Schwanz erzittern lässt.

Irgendwie schafft er es mich aufzufangen, bevor ich auf mein Gesicht falle. Ich spüre seinen schweren Atem; mit jedem Atemzug, drückt er seinen steinharten Schwanz in mich und mit jedem Stoß durchfährt mich eine weitere Glückswelle.

„Oh Gott," stöhnt er. „Die Beste. Die Allerbeste." Er schiebt meine Haare zur Seite und küsst meinen Nacken.

Ich falle aufs Bett und rolle auf meine Seite, er schmiegt sich von hinten an mich; sein Schwanz steckt noch zur Hälfte in mir. Er scheint mich nicht loslassen zu wollen, stattdessen vergräbt er seine Nase in meinem Haar und küsst meine Schultern. „Hat es dir gefallen?" fragt er mich.

Es dauert einen Moment, bis sich meine Atmung beruhigt hat. Während ich durchatme, fällt mein Blick auf die halbgeöffnete Nachttischschublade und ihrem großen Kondom- und Gleitcremevorrat. *Aufgefüllt... als ob er erwartet hat, die Person zu vögeln, die den Job kriegt.*

Die Ironie bringt mich zum Schmunzeln. *Nun... er lag nicht falsch. Aber dennoch...*

Auch als ich in seinen Armen liege, frage ich mich immer noch, ob er es ernst meint, wenn er sagt, mit mir habe er den besten Sex. *Oder hat er dem letzten Kindermädchen, das er gevögelt hat, genau das gleiche gesagt?*

„Oh ja," schnurre ich versichernd, doch ich verspüre ein Stechen in meinem Herz. Und plötzlich bin ich innerlich viel zu verwirrt, um anzusprechen, was mich stört.

Stattdessen schließe ich meine Augen und stelle mich schlafend, bis er meine Schläfe küsst und aufsteht. „Ruhe dich aus, *cara mia,"* säuselt er mir leise ins Ohr. „Du wirst deine Kraft für heute Abend brauchen."

Und verdammt nochmal... trotz meiner nagenden Zweifel, kann ich es nicht erwarten.

9

Armand

„Du vögelst sie, oder?" Sobald die Tür zu ihrem Büro geschlossen ist, fragt mich Gina gerade heraus. „Deine Mutter weiß darüber Bescheid."

Seufzend nehme ich in einem der Stühle Platz, die vor ihrem Schreibtisch stehen. „Dir auch einen guten Morgen."

„Ich meine es ernst, Armand. Ärger zieht auf und du musst dich darauf konzentrieren." Sie setzt ihre Brille ab und massiert sich den Nasenrücken. Schlechtes Zeichen - das ist ihre Gewohnheitsgeste, wenn sie sich mit Idioten abgeben muss.

„Willst du damit sagen, ich kann mich nicht konzentrieren, wenn ich regelmäßig flachgelegt werde?" Ich versuche, amüsiert zu klingen, dabei bin ich höllisch gereizt. Wenn es um gewisse Dinge geht, kann meine Mutter ein wirklich neugieriges Weib sein, und merkwürdigerweise ist mein Liebesleben eins dieser Dinge.

Das Gina auf ihrer Seite ist, streut noch zusätzliches Salz in die Wunde.

Gina verdreht die Augen. „Armand. Ich sage nichts dergleichen. Ich sage nur, dass du ein Verhaltensmuster hast. Du gehst mit diesen Mädchen durch eine Flitterwochen-Phase, dann verlieben sie sich in dich, du dich aber nicht in sie und dann verlassen sie uns, weil sie es nicht ertragen, dich weiterhin zu sehen."

Ich will etwas sagen, doch sie unterbricht meinen Versuch sofort. „Daniela ist erst seit einem Monat bei uns und sie ist die beste, die wir seit langer Zeit hatten. Deine Mutter hat es gesagt und ich sage es jetzt: sie ist gut für Laura. Kannst du es also vermeiden... sie emotional zu zerstören und aus dem Haus zu treiben?"

„Ich will ihr nicht wehtun," antworte ich schnell und die Schärfe meiner Antwort überrascht mich dabei. Vielleicht sollte es das nicht. Ich habe täglich Stunden in Danielas Bett verbracht—in ihrem Bett, in ihrer Dusche, auf ihrem Fußboden... und zweimal, als Laura mit ihren Großeltern unterwegs war, in meinem eigenen, luxuriösen Bett am Ende des Flurs.

Ich will sie aber auch nicht aufgeben. Der Sex ist so unglaublich, er erinnert mich an meine Flitterwochen. Keine andere Frau nach Bella, kann mit ihr mithalten. Nicht einmal das talentierteste Callgirl.

Aber ich kann nicht genug bekommen. Ich muss sie haben, sobald Laura schläft oder weg ist und Daniela alleine ist. In ihren Armen finde ich Ruhe.

In ihren Armen kann ich für eine Zeit vergessen, dass ich Witwer bin und kann einfach nur ein Mann sein.

Gina hat ihre Standpauke beendet und sich wieder etwas beruhigt. Als ich aus meinen Gedanken erwache, sieht sie mich schief an. „Du hast einen etwas verträumten Blick, Boss."

Ich räuspere mich kurz und nehme einen Schluck Kaffee. „Ich weiß nicht, was du meinst."

„Nichts. Du scheinst nur... etwas mehr an ihr zu hängen. Beinahe fürsorglich." Ihr Blick ist gleichermaßen prüfend... und amüsiert. „Wie wichtig ist sie dir?"

In einem anderen Leben, in dem ich lieben könnte, würde ich sie heiraten. „Sie hat meiner Tochter das Leben gerettet. Natürlich ist sie mir wichtig," brumme ich zu meiner Verteidigung.

Sie hebt die Augenbrauen an und zu meiner Überraschung, lehnt sie sich entspannt zurück. „Weißt du was? Ich denke, ich werde mir ansehen, wohin die Sache mit euch führt. Solange du sie nicht so unglücklich machst, dass sie uns verlässt, Armand."

Ich nicke zustimmend und fühle mich erleichtert und beschämt. „Und meine Mutter?"

„Oh, ich würde dringend davon abraten, das mit ihr zu diskutieren. Verhalte dich nur etwas unauffälliger. Du bist merklich ungeduldig, Besprechungen pünktlich zu Lauras Mittagsschlaf zu beenden und dann verschwindest du für eine Stunde."

Oh. Scheiße. Ich hatte gehofft, dass es niemandem auffällt.

Ich lecke mir über die Lippen. „Ich werde deine Überlegungen berücksichtigen. So, was ist nun mit den Frazettis?"

„Carlo fragt immer noch, ob wir seinen Fahrer oder sein Auto gesehen haben. Wir haben sie noch immer kaltgestellt. Ihn über das Schicksal des Typen im Unklaren zu lassen, war eine gute Idee. Dein Vater ist wirklich beeindruckt. Carlo zu verunsichern, indem er sich fragen muss, wie viel wir über die versuchte Entführung wissen, hat ihn wohl etwas von seinem Kriegspfad abgebracht." Sie reicht mir einen ihrer Ordner.

„Wie auch immer, er hat zwei weitere, kleine Fische in Bronx umgebracht. Dein Vater hat ihn daran erinnert, dass er nicht die Befugnis besitzt, jemanden in unserem Gebiet zu bestrafen, aber Carlo..." Sie schenkt mir ein dünnes Lächeln.

„Wutgeschrei und vage Drohungen?" Ich seufze und öffne den Ordner. Die Autopsieberichte der beiden toten Drogendealer und die zugehörigen Polizeiberichte erscheinen mir eindeutig. Doch eine Sache ärgert mich besonders.

„Fuck, einer dieser Drogendealer war nur ein zu ehrgeiziges Kind. Sechzehn!" Ich seufze tief. *Ohne den Familiennamen, der mich schützt, hätte ich das sein können.*

„Finde seine Familie, überbringe ihr anonym fünfzigtausend und begleiche ihre Schulden." Ich überprüfe das andere Opfer—ein Arsch durch und durch, mit einem Strafregister so lang wie mein Arm; überwiegend Gewalttaten. „Dieser hier kann verfaulen."

„Du klingst immer mehr wie ein Don", merkt Gina stolz an.

Unsere Karten nach so einer Schandtat verdeckt zu halten, ist die beste Idee, die ich seit langem hatte—sogar gut genug, um Vaters Einverständnis zu erhalten. Ich will Blut sehen, für das was meiner Tochter beinahe passiert ist - und mir. Doch jetzt, da Laura erst einmal in Sicherheit ist und ich mit Daniela schlafen kann, habe ich es geschafft, nichts unüberlegtes zu tun.

Das ist es doch, was sie wollen, denke ich, während ich in mein Büro gehe und mir dort alle gesammelten Fakten zu Frazettis neuen Morden und Eroberungsplänen genauer ansehe. *Sie wollen, dass wir —dass ich—leichtsinnig werde, damit sie mich ausschalten können.*

Das werde ich nicht zulassen.

Ich verbringe noch etwas Zeit mit Laura, bevor sie ins Bett muss und lese ihr eine Geschichte vor. Ich gebe Daniela eine Pause, bevor ich mich wieder auf sie stürze. Seit der Nacht, in der ich meine Tochter beinahe verloren hätte, bemühe ich mich mehr Zeit mit ihr zu verbringen und das fällt ihr auf.

„Daddy, kannst du Daniela für mich heiraten?" fragt sie aus heiterem Himmel und mir fällt beinahe *Der Hobbit* aus der Hand, aus dem ich gerade vorlese. Ich schaue sie verdutzt an und sie redet mit ernster Stimme weiter: „Sie ist wirklich nett und du bist jetzt glücklich."

Ich starre sie sprachlos an. „Ähm... nun... ich..." *Scheiße.* Wie erkläre ich ihr, dass ich noch nicht über ihre Mutter hinweg bin, dass ich niemals ganz über sie hinweg sein werde?

Allein der Gedanke an eine Hochzeit mit Daniela sorgt bei mir für Schuldgefühle und Selbstvorwürfen. *Sie verdient etwas besseres, als eine Ehe ohne Liebe.*

Meiner Mutter würde das gefallen. Sie will, dass ich mir eine Ehefrau suche, um nach außen hin erwachsener zu wirken. Daniela ist Italienerin, katholisch, sie stammt aus einer Familie, die mit unserer verbunden ist - bevor ich kam, war sie sogar noch Jungfrau. Sie ist perfekt.

Aber sie ist nicht Bella.

Laura schaut mich erwartungsvoll an. Ich beuge mich zu ihr und küsse sie auf die Stirn. „Darüber muss ich gründlich nachdenken."

Sobald sie schläft, gehe ich durch die Türe und besuche Daniela -

augenblicklich bleibe ich stehen, starre sie an und betrete dann das Zimmer. „Du... warst wieder einkaufen," hauche ich und von einer Sekunde auf die andere, sind alle Probleme des Tages vergessen.

Ihre übliche Unterwäsche ist nicht besonders auffällig aber so, wie sie sich an ihre Kurven schmiegt, ausreichend sexy. Das blaue Seidenmieder jedoch, das zur Farbe ihrer Augen passt, ist eine ganz andere Geschichte. Den passenden Slip, den sie darunter trägt, sieht man nur an gewissen Stellen. Langsam kommt sie auf mich zu, ihr Blick ist einerseits schüchtern aber auch voller Leidenschaft; mein Schwanz wird dermaßen hart, dass es schmerzt.

„Ich würde alles dafür tun, dich jetzt zu bumsen," raune ich, als sie mich küsst. Ich schlinge meine Arme um sie... und sie überrascht mich damit, dass sie vor mir auf die Knie geht.

„Dann ziehe dich aus und halte still." In ihrer Aufforderung liegt ein Hauch Schüchternheit, doch das macht mich nur noch schärfer. Sie ist so verwegen, mich zu befriedigen. Ich kann mich nicht erinnern, wann eine Frau das zuletzt für mich getan hat, ohne dafür bezahlt worden zu sein.

Folgsam ziehe ich mich aus und vorsichtig nimmt sie meinen Schwanz in ihre zarten Hände. *Oh Gott.* Meine Brust hebt sich und meine Hände ballen sich zu Fäusten, während sie mich streichelt.

Ihre kleinen, zarten Finger ertasten jeden Zentimeter, streicheln den Kopf, den Schaft und umfassen sanft meine Eier. Ich beiße mir auf die Lippe und zwinge mich, stillzuhalten. Normalerweise ist sie schüchtern; das hier ist eine verdammt nette Überraschung, besonders in Kombination mit der Unterwäsche.

Sie streichelt mich und beugt sich etwas nach vorne; ich spüre ihren warmen Atem auf meinem Schwanz. „Daniela," keuche ich.

Dann küsst sie meinen Schwanz ganz sanft, und noch einmal. Ihre warme, feuchte Zungenspitze beginnt mich zu erforschen, sie gleitet über die gespannte Haut und mit jeder Berührung durchfährt mich ein Schauer.

Ihre Hände umfassen meinen Schaft ganz zärtlich... und dann schließen sich ihre Lippen um den Kopf meines Schwanzes. Ich beiße die Zähne zusammen und stöhne auf. Langsam und vorsichtig nimmt sie mich weiter in ihren kleinen, heißen Mund. Als sie zu saugen und zu lecken beginnt, schließe ich die Augen und bemühe mich, mich auf den Beinen zu halten.

Ihre langsamen, liebevollen Liebkosungen lassen mich nach Luft ringen. Sie versucht, immer mehr von mir in sich aufzunehmen, mich noch mehr zu befriedigen. Ein süßes Glücksgefühl durchfährt meine Brust. *Oh du reizende, unglaubliche Frau...*

Betrunken vor Lust wölbe ich meinen Rücken, Hüften und Eier sind angespannt und ich stöhne auf, als sie ihre Zunge weiterhin über meinen Schwanz bewegt. „Oh, du machst das so gut, Baby. Alles, was du willst... immer... hör nur nicht auf...“

Sie hört nicht auf. Auch nicht, als ihr das Atmen schwerfällt und sie Mühe hat, ihren Kopf weiter zu bewegen. Schließlich ertrage ich es nicht mehr und ich packe sie an den Schultern, um sie zu stoppen.

Vorsichtig löse ich meinen Schwanz aus ihrem Mund und ziehe sie wieder auf die Beine und in meine Arme. Sie kommt bereitwillig, sie zittert und schmiegt sich an mich. Ich lege sie auf das Bett und ziehe ihren Slip herunter, ich halte mich kaum davon ab ihn direkt zu zerreißen.

Dann hebe ich ihre Hüften an und dringe in sie ein. Sie ist so heiß und feucht, dass mein Schwanz mit einem Stoß hineingleitet—der Gedanke daran, dass sie so feucht geworden ist, weil sie mir einen geblasen hat, macht das Ganze noch besser.

„Oh ja!“ keucht sie, als ich sie so hart ran nehme, dass das Bette wackelt. „Ja!“

Ich stoße zu und genieße das Gefühl ihrer angespannten Muskeln um mich herum, sowie ihre weiche, ölige Muschi. Sie ist unglaublich erregt und es braucht nicht viel, bis sie sich unter mir aufbäumt und ihre Fingernägel in meinem Rücken vergräbt.

Ihre Hüften drücken sich fest gegen meine, schneller und schneller, während ich fest zustoße. Mit einem Aufschrei, presst sie sich an mich und schnappt nach Luft—ich spüre, wie ihre Kontraktionen meinen Schaft liebkosen.

Ich vergrabe mich ein letztes Mal ganz tief in ihr und komme. Es fühlt sich so gut an, dass ich meine Schreie kaum zurückhalten kann.

Oh ja! Ja.! Daniela...
Der Orgasmus trifft mich wie ein Donnerschlag.
Ich öffne meine Augen und merke, dass ich auf ihr zusammenge-sunken bin. Ich habe kaum die Kraft, von ihr herunterzusteigen. Hier liege ich nun, der ganze Körper kribbelt und der Kopf ist voll-kommen benebelt. Sie schmiegt sich an mich und ich schließe meine Augen. Ich kann mich nicht erinnern, wann ich mich das letzte Mal so befriedigt gefühlt habe.

10

D aniela

Ich wache in Armands Armen auf und weiß sofort, dass ich in Schwierigkeiten stecke. Mein Kopf ruht auf seiner Schulter, er atmet sanft und ich fühle mich warm, sicher und geborgen. Seine nackte Haut glänzt im sanften Licht des Sonnenaufgangs, seine Locken sind feucht und zerzaust.

Sein Gesicht sieht so friedlich aus. Ich schaue ihn ganz genau an ... und fühle es wieder. Dieses bohrende Gefühl von Sehnsucht und Bedauern, das ich zur Seite schieben muss, wenn ich mit ihm zusammen bin.

Er liebt mich nicht. Alles, was er für mich sein kann ist ein Freund mit gewissen Vorzügen. Er hat mir vom Tod seiner Frau erzählt. Wie lange es zurückliegt, wie sehr es ihn getroffen hat.

Er ist vollkommen ehrlich zu mir. Er ist großartig im Bett und er ist nett. Das ist alles, was ich von ihm erwarten kann.

Ich darf es nicht zulassen, mich in ihn zu verlieben. Die Dinge sind gut, so wie sie sind. *Mehr zu wollen bedeutet zu viel zu wollen.*

Doch warum stehen mir dann Tränen in den Augen?

Ich lege meinen Kopf unter sein Kinn, er knurrt im Schlaf und nimmt mich fester in den Arm. Ich schließe meine Augen, mein Herz schmerzt und ich erkenne, dass es zu spät ist. Ich habe mich bereits in ihn verliebt.

Das ist das Letzte, was mir hätte passieren dürfen. Gott, warum sind Gefühle manchmal so dämlich? Ich schätze, ich werde das für mich behalten müssen.

Für den Moment bleiben mir zumindest die Wärme und Zärtlichkeit dieser verstohlenen Momente. Und die liebevolle Art, mit der er mich behandelt, sogar im Schlaf. Er wird nach dem Tod seiner Frau vielleicht nicht in der Lage sein, mich jemals zu lieben aber... manche Menschen heiraten und haben nicht einmal dieses gute Gefühl.

Mom und Dads Ehe war der beste Beweis dafür. Meine frühesten Erinnerungen an unser gemeinsames Leben in dieser kleinen, schäbigen Wohnung enthalten eine Menge Geschrei. Keine Fäuste oder fliegende Teller, dafür Drama und gegenseitiges Anschreien, bis mir Ohren und Herz wehtaten.

Streit ums Geld, über das (wie ich heute weiß) nicht existierende Sexleben, über Dads Arbeitslosigkeit, über Moms Trinkgewohnheiten. Sie stritten über alles, auch über mich. Es hörte nie ganz auf. Und wenn es nichts Wichtiges gab, stritten sie eben über Kleinigkeiten: die Rolle Toilettenpapier, die nicht ersetzt wurde, Arbeiten im Haushalt, die nicht erledigt wurden, das Fernsehprogramm.

In der Öffentlichkeit, bei Familienfesten, vor meiner Schule, in den Ferien, sie hörten einfach nie auf zu streiten und sich gegenseitig herunterzuputzen. Sie verbrachten ganze Autofahrten mit streiten, Dad wurde dann wütend und fuhr entsprechend waghalsig, was mich zu Tode ängstigte. Und eines Tages, als ich glücklicherweise nicht im Auto saß, beschlossen sie, ihren letzten Streit – wahrscheinlich um irgendeine Kleinigkeit - auszufechten, auf einer kurvigen Bergstraße.

An diesem sonnigen Nachmittag, waren sie durch ihre Streiterei so abgelenkt, dass die Bremsspur erst drei Meter vor der Leitplanke begann. Selbst in der Trauer über ihren Verlust habe ich mich gefragt, ob sie noch den ganzen Weg nach unten gestritten haben und erst beim Aufschlag verstummt sind.

Diese beiden wollten mehr voneinander, als sie zu geben bereit waren. Sie waren nicht zufrieden miteinander, aber anstatt sich damit abzufinden oder getrennte Wege zu gehen, gingen sie sich pausenlos an die Gurgel. Und somit waren sie unglücklich im Doppelpack.

Ich schaue Armand wieder an. Er hat mir bereits gesagt, was er bereit ist, mir zu geben. Er war sehr ehrlich. Ich kann nicht wütend auf ihn sein, wenn er genau das tut, was er vorher gesagt hat.

Ich werde nicht den Fehler meiner Eltern wiederholen. Ich werde statt-dessen lernen, mit der Realität klarzukommen, auch wenn es mich manchmal traurig macht. Es schmerzt zu wissen, dass ich Armand liebe und er nicht dasselbe fühlt.

Aber mein Leben ist immer noch besser, als es jemals war... und was Armand und ich miteinander haben, ist immer noch besser, als das, was meine Eltern hatten. Ich kann mich dazu bringen, damit umzugehen... irgendwie. Und so schlafe ich wieder in Armands Armen ein; zwar mit Tränen auf den Wangen, aber friedlich.

Als ich wieder aufwache, ist er weg. Ich schlucke meine Enttäu-schung herunter, stehe auf und mache mich fertig für die Arbeit.

Nach ungefähr fünf Wochen entwickeln wir eine Routine - eine Routine, die alles andere als eine Routine ist. Morgens, nachdem ich etwas Zeit für mich hatte, frühstücke ich mit Laura und gehe anschließend mit ihr auf dem Grundstück spazieren. Dann beginnt der Unterricht. Sie ist ein kluges, kleines Mädchen und sie lernt wahnsinnig schnell lesen.

Dann gibt es Mittagessen. Malstunden. Ein weiterer Spaziergang. Ihr Mittagsschlaf. Und dann...

Dann schleicht Armand sich das erste Mal am Tag in mein Zimmer.

Manchmal unternehmen Lauras Großeltern oder ihr Vater Nach-mittags etwas mit ihr, dann habe ich Zeit etwas zu erledigen oder zum Malen. Ich komme jetzt öfters zum Malen, als während des Studiums. Armand redet davon, eine Galerie zu mieten, in der ich ausstellen kann.

Die Wochen vergehen und es wird Spätsommer. Laura ist glück-

lich und schläft leise und sicher. Sie entwickelt sich zu einer begeis-
terten Malerin und sie lernt schnell dazu. Ich selbst habe
mittlerweile vier Bilder angefertigt - alles Fantasielandschaften in
hellen Farben.

Abgesehen von der strengen Sicherheit und den merkwürdigen,
angespannten Versammlungen, die manchmal im ersten Stock statt-
finden, vergesse ich manchmal beinahe, dass ich für eine Mafiafamilie arbeite. Sie könnten genauso gut eine reiche, exzentrische
Familie sein, die sich Sorgen um ihre Sicherheit macht und ihre
Enkelin verehrt.

Armand hat jedes einzelne Fenstergitter durch Sicherheitsnetze
und Titanrahmen ersetzt, die sich von innen abschließen lassen.
Optisch lassen sich kaum Unterschiede zwischen alt und neu erkennen. Im Endeffekt sind sie wesentlich hübscher als die Gitterstäbe in
Nonnas Haus.

Manchmal, wenn ich alleine in meinem Bett aufwache, denke ich
an Nonnas altes Haus. Es reizt mich herauszufinden ob es an
jemanden verkauft wurde, oder ob die Bank den baufälligen
Bungalow letztlich aufgegeben und abgerissen hat.

Ich erwähne es sogar gegenüber Armand, nachdem er mich eines
Morgens beim Grübeln erwischt hat. Aber ich kann mich immer
noch nicht dazu überwinden, es herauszufinden. Es erinnert mich an
die Nacht, als ich grundlos von der Polizei herausgeworfen wurde,
und mein Ärger darüber könnte mich dazu bringen, meine neuen
Arbeitgeber zu bitten... einzugreifen.

Und diesen Weg darf ich niemals einschlagen. Also schiebe ich
diese Gedanken zur Seite. *Ich habe ein Zuhause. Ich bin sicher. Ich
brauche keine Rache.*

Aber seit Ende August beschäftigt mich etwas mehr und mehr;
etwas, das ich wohl nicht ignorieren kann. Ich mache mir sogar ernst-
hafte Sorgen darüber.

Mir wird übel, sobald ich etwas gegessen habe, vor allem
morgens. Noch schlimmer, mein Geschmack verändert sich plötzlich.
Von geschmolzenem Käse oder diesem italienisch-amerikanischen
Wermut wird mir plötzlich ganz schlecht. Ich bin gegenüber Alkohol

so empfindlich geworden, dass ich nicht einmal mehr Hustensaft vertrage.

Meine letzte Periode ist auch schon zwei Monate her.

Ich kann nicht schwanger sein. Wir haben aufgepasst. Gut, wir haben es wie die Karnickel getrieben, aber wir haben immer ein Kondom benutzt.

Haben wir doch, oder? Dieser Gedanke kommt mir an einem Nachmittag, an dem ich gerade so ein Sandwich bei mir behalten konnte. Ich kann mich an kein einziges Mal erinnern, bei dem kein Kondom im Spiel war, zumindest nicht, wenn er in mir war.

Aber wir sind immer so wild miteinander... als würden wir uns aneinander berauschen. Konnten wir es vergessen haben? Einmal kann ja schon ausreichen.

Ich war nie mit jemand anderem zusammen. Wenn ich schwanger bin, ist es von Armand. Diese Tatsache kann ich nicht verbergen.

Aber was in aller Welt, sage ich ihm, falls ich es ihm sage? Und wie wird er reagieren?

Es ist wie mit der Frage nach den Kondomen und wie wichtig ich ihm bin. Egal, wie entschlossen ich auch bin, mit ihm darüber zu reden, jedes Mal, wenn ich ihn wieder sehe, bleiben mir die Worte im Hals stecken und ich werfe mich ihm in die Arme, um mich selbst vor dieser wachsenden Angst abzulenken.

11

Armand
Immer öfter schlafe ich in Danielas Bett ein und muss mich dann in mein eigenes Zimmer zurück schleichen, wenn ich aufwache. Ich gehe den Gang der Schande nicht gerne in meinem eigenen Haus, Stunden bevor alle anderen aufwachen, abgesehen von den Sicherheitsleuten. Dank der Aufstockung der Wachleute wird es immer schwieriger, keinem meiner Männer in die Arme zu laufen.

Ich weiß, dass ich nach dem Sex nicht so lange bleiben sollte. Dösen und kuscheln mit Daniela, in ihrem Bett einschlafen... diese Sachen tragen nur das Risiko, ihr falsche Signale zu senden. Ich will nicht, dass sie aufgrund eines gebrochenen Herzens die Flucht ergreift.

Und nicht nur weil Laura, meine Mutter, Gina, und vermutlich sogar Tony mir die Hölle heiß machen würden. Sondern weil... wenn sie geht, werde ich sie vermissen.

Ich bemühe mich das Bett zu verlassen, zu duschen und in mein Zimmer zu gehen, sobald ich das Kondom los bin. Doch meistens kann ich der Versuchung einfach nicht widerstehen, mich für eine Weile nochmal ins Bett zu legen.

Um sie zu in die Arme zu halten. Sie beim Schlafen zu beobachten. Um manchmal mitten in der Nacht für ein paar warme, schläf-
rige Sekunden aufzuwachen.

Der Drang zu bleiben ist manchmal einfach zu stark und das ist
gefährlich. Dabei ist das nicht mehr der schwierigste Teil meiner
Beziehung mit Daniela.

Der schwierigste Teil besteht darin, die Beziehung vor meiner
Mutter zu verheimlichen. Sie meint es gut, daher kann ich ihr ihre
Neugier nicht wirklich übel nehmen—aber manchmal behandelt sie
mich immer noch wie ein Kind. Und mich zu kontrollieren, indem
sie meine Tochter ausfragt, ist einfach ein schmutziger Schachzug.

Doch an diesem Morgen überrumpelt sie mich komplett.
„Daniela sieht seit ein paar Tagen etwas blass aus, nicht wahr?" fragt
sie mich plötzlich beim Frühstück. „Ganz besonders morgens."

Mir bleibt fast das Omelett im Hals stecken. Es braucht alles, was
ich habe, um einen regungslosen Gesichtsausdruck zu halten, als ich
schlucke. *Scheiße. Wovon redet Mutter? Was ist ihr aufgefallen aber mir
nicht?*

Meine Mutter starrt mich wissend an.

In mir keimt ein furchtbarer Verdacht auf. *Oh Gott. Warte. Nein.
Fuck.*

Es sind jetzt zweieinhalb Monate vergangen, seit Daniela meine
Geliebte wurde. Zeit genug für morgendliche Übelkeit... wenn es das
ist. *Aber wie kann das sein? Ich benutze immer ein verdammtes Kondom,
und ich kann mich nicht erinnern, dass eines mal gerissen ist!*

Meine Mutter schaut mich noch immer schweigend an. Ich
blinzle und antworte ihr mit ehrlicher Verwirrung: „Mir ist nichts
aufgefallen. Ich werde sie fragen."

„Tu' das", antwortet sie in einem schelmischen Ton und ich spüre,
wie sich meine Nackenhaare aufstellen.

Scheiße. Daniela, was erzählst du mir nicht? Ich weiß, dass sie sich
mit keinem anderen trifft. Verdammt, selbst ich wollte keine andere
mehr, seit wir das erste Mal miteinander gevögelt haben. So oder so,
ich weiß, dass, sollte es ein Kind geben, es von mir ist. Also, warum
sagt sie es mir nicht?

Außer natürlich, sie weiß einfach nicht, wie sie es sagen soll. Oder hat sie Angst, dass ich wütend werde?

Ich überstehe das Frühstück und ein Treffen mit meinem Vater, bei dem er sich beschwert, dass er bei dieser Hitze eine kugelsicherer Weste tragen muss. Ich flehe ihn an, entweder die Weste oder einen der gepanzerten Anzüge zu tragen, die ich ihm gekauft habe. Er beschwert sich, beschwert sich... aber ich weiß, dass Carlo seinen Tod mindestens genauso sehr will, wie meinen.

„Komm' schon, Vater. Ich weiß, dass du es hasst, Schutzkleidung zu tragen. Aber du kannst nicht einfach ungeschützt draußen herumlaufen. Nicht solange Carlo einen Krieg vorbereitet."

„Kannst du mir erklären, welchen Sinn es macht, mich mit einer Weste vor einer Kugel zu schützen, wenn ich stattdessen aufgrund der Hitze einen Herzinfarkt bekomme?" meckert er und winkt ab, als ich versuche, ihn zu überzeugen.

Für den Rest des Nachmittags behalte ich meine Frustration für mich, denn es folgt eine Besprechung nach der anderen. Ich mache mir auch immer noch Sorgen um Daniela. Falls sie schwanger ist... von mir... dann muss ich mich um sie kümmern.

Wir sind beide katholisch. Eine Abtreibung würde uns beiden nicht gefallen. *Ich könnte sie heiraten. Mutter wäre zufrieden und das Kind hätte einen Vater.*

Diese Option klingt überraschend gut. Zumindest wäre mein Liebesleben dann nicht mehr so kompliziert und ich müsste nicht mehr durchs Haus schleichen, wie ein rebellischer Teenager. Außerdem wäre das Kind kein uneheliches Kind und Daniela wäre vernünftig abgesichert.

Aber ist das ihr gegenüber fair? Sie ist ein großartiges Mädchen. Sie verdient es jemanden zu heiraten, der sie lieben kann, und kein kampfversehrtes, verwitwetes Arschloch.

Endlich, nach meinem verrückten Tag, esse ich mit Daniela und meiner Tochter zu Abend. Laura möchte wieder Hähnchenflügel und Pommes und Daniela stimmt unter der Voraussetzung zu, dass es dazu einen großen Salat und Obst zum Nachtisch gibt. Ich schaue glücklich zu - egal was für ein komischer Mist gerade abgeht, sie ist einfach so verdammt gut mit meinem kleinen Mädchen.

Aber sie isst auch wenig und komisch. Pasta ohne Käse. Avocado, aber keinen Römersalat. Sie entfernt die Haut vom Hühnchen und isst kaum die Hälfte davon.

Sie sieht so blass aus, dass ich ihr sage, sie soll sich nach dem Abendessen um sich selbst kümmern und ich kümmere mich um Laura. Sie wird rot, nimmt mein Angebot aber dankend an, umarmt Laura und wünscht ihr eine gute Nacht. Der sanfte, sehnsüchtige Blick, den sie mir zuwirft, bevor sie die Stufen hinaufgeht, trifft mich mitten ins Herz.

Gott, ich wünschte, ich könnte sie lieben.

Ich werde im Umgang mit Laura immer besser, vorwiegend dadurch, dass ich Daniela mit ihr beobachte. Bevor es ins Bett geht, helfe ich ihr noch voller Stolz die Treppe hinauf, um meinen Eltern ein selbstgemaltes Bild voller Hasen zu präsentieren. Seit er seine Zigarren aufgeben musste, habe ich Vater nicht mehr so breit grinsen sehen und meine Mutter lobt sie und beauftragt sofort ein Hausmädchen damit, es einzurahmen und aufzuhängen.

Nicht schlecht, Rossini, denke ich, nachdem ich Laura bettfertig gemacht und ihr bis zum Einschlafen noch etwas vorgelesen habe. *Sieht aus, als kriegst du doch noch den Dreh raus, bei dieser Vater-Sache.*

Doch dann schaue ich nach Daniela - und finde sie im Badezimmer, über die Toilette gebeugt, weinend.

12

D aniela
Es ist gar nicht so einfach einen Schwangerschaftstest zu kaufen, wenn man ständig von großen, beschützenden, sehr neugierigen Männern begleitet wird. Ich habe es nur geschafft, weil ich in der Drogerie ganz tief in die Welt der weiblichen Hygieneartikel eingetaucht bin und konnte mir einen Test zusammen mit einer Packung Tampons schnappen. Die Packung allein ist meinem Beschützer schon unangenehm und er vermeidet es, sie anzusehen; somit übersieht er auch den Test.

Und jetzt, nachdem mir das Abendessen wieder hochgekommen ist, habe ich allen Mut zusammengenommen und den Test gemacht... und jetzt starrt mich meine größte Befürchtung direkt an. *Schwanger.*

Armand, der mich nicht lieben kann, hat mich geschwängert.

Es gibt keinen Grund, warum er mich nicht rauswerfen sollte, um seinen eigenen Hintern zu retten. Genau wie die Bank hat er keinen Grund, mich vor Obdachlosigkeit und Hoffnungslosigkeit zu bewahren. *Jetzt ist alles vorbei... und es ist noch nicht einmal meine Schuld. Doch ich wette, er wird mir die Schuld geben!*

Der Stress lässt meinen Magen erneut rebellieren. Nachdem ich abgespült habe, werfe ich den Test zur Seite und beginne ungehemmt zu weinen, meine Beine sind zu schwach, um mich länger zu halten.

Ich höre, wie sich die Seitentüre öffnet und weine noch heftiger. Ich kann mich nicht mehr vor der Konfrontation drücken oder vor dem, was danach passiert. Ich weiß nicht, ob ich das bewältigen kann.

Ich höre, wie er auf mich zukommt. Seine Kleidung raschelt, als er ins Badezimmer kommt – und stehen bleibt. Ich höre, wie er den Schwangerschaftstest aufhebt, um ihn sich anzusehen.

Ich schließe die Augen, meine Seufzer versiegen und in meinem Magen formt sich ein eisiger Knoten.

„Du hast es also jetzt selbst erst mit Sicherheit festgestellt." Geschockt stelle ich fest, dass er erleichtert klingt. „Hättest du... es mir gesagt?"

Er wirkt zum ersten Mal unsicher. Vielleicht sogar etwas verletzlich. Und ich fühle mit ihm -merkwürdigerweise hilft das. „Natürlich. Es ist deins. Ich habe bisher noch nie jemanden genug gewollt, um mit ihm zu schlafen."

Er zuckt zusammen und schließt die Augen, als ob er sich schämt. Und ich beginne wieder zu weinen. Ich verstecke mein Gesicht und realisiere, dass ich genau wie die anderen Mädchen vor mir bin - sentimental, dumm und zu vertrauenswürdig.

„Okay, okay. Komm schon Baby, alles ist gut. Nicht weinen." Er schlingt von hinten seine Arme um mich und zieht mich auf seinen Schoß.

Ich schlucke und schniefe, wie ein kleines Kind. „D—du hast gesagt, außer eine Freundschaft mit Vorzügen, dürfe ich nichts von dir erwarten, und ich - das habe ich nie getan. Mir ging es gut! Aber jetzt bin ich schwanger und ich weiß nicht, was ich tun soll!"

Er hält mich fest und streicht mein feuchtes Haar zurück. „Na, na, komm schon. Das verdammte Kondom hat versagt. Nicht du. Warum zur Hölle sollte ich dir die Schuld geben?"

Ich drehe mich ein wenig und schaue ihn verwundert an. Sein Gesicht ist etwas verschwommen, wird dann aber deutlicher. Er lächelt. „Du bist nicht wütend?"

„Nicht auf dich," antwortet er seufzend. „Ich habs verbockt. Ich hätte mir den Schnitt gleich nach der Beerdigung verpassen lassen sollten, so wie ich es vorhatte."

„Was soll ich tun?" flüstere ich und verspüre einen Hauch von Hoffnung. *Er hasst mich nicht. Er klingt nicht, als wolle er mich rauswerfen.*

„Pass auf dich und unser Baby auf, und behalte es erst einmal für dich. Ich werde dich morgen zum Arzt bringen, damit er den Test bestätigen und dich untersuchen kann." Er streicht mir sanft übers Haar. „Alles in Ordnung, Süße. Wir finden eine Lösung."

Ich schaffe es, trotz meiner Tränen zu lächeln. Ich verspüre zwar nur eine zarte Erleichterung, aber sie ist da. Er liebt mich vielleicht nicht... aber er schmeißt mich auch nicht raus.

„Es ist ein Mädchen", teilt mir die elegante, ältere Dr. Greene stolz mit, ihre Lippen formen ein glänzendes Lächeln. „Sie sind zwischen der achten und neunten Woche und genau wie das Baby, absolut gesund."

Armand sitzt neben mir und hält meine Hand. „Hast du gehört, Süße. Es ist alles in Ordnung."

Ich lächle ich an und kämpfe mit meinen gemischten Gefühlen. Ich wollte immer Mutter werden... aber ich dachte, Ende zwanzig wäre ein gutes Alter. Nicht jetzt.

Und vor allem wollte ich kein uneheliches Kind oder mich von jemandem schwängern lassen, der mich nicht liebt. Ich wollte verheiratet sein, und beständig und alles sollte richtig sein. Doch nichts davon ist passiert.

Stattdessen ist Armand passiert. Und jetzt ist ein Baby passiert. Und ich muss mit all dem fertig werden.

„Geht es dir gut?" fragt er mich im Auto, als wir uns auf dem Rückweg befinden.

„Ich weiß nicht," gebe ich ehrlich zu. „Dir ist klar, dass wir das nicht ewig verheimlichen können. Du kannst mich auch nicht einfach wegschicken, denn das würde sich auf Laura auswirken."

„Das ist wohl wahr," antwortet er seufzend. „Aber wir können es noch ein paar Monate verheimlichen, bis wir wissen, was wir tun sollen."

Ich beiße mir auf die Lippe und nicke. Nicht die ideale Antwort. Das wird uns nur ein paar Monate schützen. Ich bin von Natur aus, etwas kurvig und habe einen kleinen Bauch, doch mit der Zeit wird sich die Schwangerschaft zeigen.

Ich habe keine Ahnung, was wir dann tun sollen. Aber wenigstens lässt Armand mich nicht sitzen.

Ich verändere meine Essgewohnheiten, um mit der Morgenübelkeit klarzukommen, streiche ein paar Fette und lasse meinen verdrehten Geschmack bestimmen, was ich esse. Es hilft und innerhalb einer Woche muss ich mich nicht mehr ins Badezimmer schleichen. Abgesehen von ein paar Kommentaren darüber, dass ich ein pingeliger Esser bin, scheint niemandem etwas aufzufallen.

Armand und ich haben noch immer jede Nacht Sex, doch nachmittags brauche ich ein Nickerchen. Ein- oder zweimal wache ich in seinen Armen auf, ob Sex oder nicht. Es verwirrt und tröstet mich gleichermaßen und ich frage mich weiterhin, wo ich eigentlich stehe.

Es wird auch immer schwieriger, ihm nicht zu sagen, dass ich ihn liebe.

Ich versuche es ihm nicht übel zu nehmen, dass er mir das nicht geben kann. Ich versuche mich davon nicht herunterziehen zu lassen. Ich bin entschlossen, es durchzustehen.

Denn ob es mir gefällt oder nicht, es werden bald zwei Kinder da sein, die mich brauchen.

13

Armand

Um den Frieden zu bewahren, bewahre ich jetzt ein großes Geheimnis und versuche gleichzeitig herauszufinden, was ich tun soll. Falls meine Mutter erfährt, dass ich einen Bastard gezeugt habe, wird sie mit Sicherheit ausrasten. Vielleicht verdiene ich das sogar - aber das könnte auch Auswirkungen auf Daniela und Laura haben, und das darf nicht passieren.

Seit dem ersten Arztbesuch vor ein paar Wochen, funktioniert das Versteckspiel. Daniela wird seltener schlecht, sie passt auf sich auf und meine Mutter stellt keine komischen Fragen mehr. Ich weiß aber immer noch nicht, was wir auf lange Sicht tun sollen. Doch ich bin zuversichtlich, dass uns etwas einfallen wird, wir brauchen nur noch etwas mehr Zeit.

Doch dann, an einem verschlafenen Abend Mitte September, bricht alles zusammen.

Daniela und ich sind in Lauras Zimmer und lesen ihr gemeinsam eine Gute-Nacht-Geschichte vor, als ich plötzlich schnelle Schritte und Geschrei im Flur höre. Ich stehe auf und beide blicken mich erschrocken an. „Bleibt hier und seid ruhig", sage ich und gehe aus dem Zimmer.

Tony kommt mir im Flur entgegen und wir machen uns auf den Weg in die Lobby. „Was zur Hölle ist passiert?" will ich wissen. „Gab es einen Angriff?"

„Keine Ahnung. Die Wache am Tor hat mich völlig aufgelöst angerufen. Was auch immer passiert ist, es ist draußen passiert." Wir erreichen die Treppe und nehmen zwei Stufen auf einmal, von allen Seiten kommen noch mehr unserer Männer. Mein Herz rast; Ich habe keine Ahnung, ob ich meine Waffe ziehen soll.

Dann kann ich das Foyer sehen und mir bleibt fast das Herz stehen.

Meine Mutter steht in der Tür, fast regungslos, ihre beste Pelz-stola und ihr lilafarbenes Opernkleid blutüberströmt. Den Blick in ihren Augen habe ich zuvor noch nie gesehen: weit, verloren, mit Tränen benetzt. Als sie mich erblickt, beginnen ihre Schultern an zu zittern, doch sie... steht weiter einfach nur da und ich renne zu ihr.

Sie sind gerade von einer frühen Aufführung von Chicago *zurückge-kommen. Wo ist mein Vater? Hatten sie einen Autounfall? Was zur Hölle geht hier vor?*

„Mutter?" Ich bleibe vor ihr stehen und schaue sie voller Sorge an. „Bist du verletzt?"

Sie schüttelt den Kopf, die Tränen steigen ihr in die Augen. Sie hält ihren Rosenkranz in den Händen und sie hat Blut in den Haaren. *Nicht ihr Blut.*

„Es ist dein Vater!" sagt sie mit zitternder Stimme. „Du hattest Recht, er hätte eine Weste tragen sollen..."

Oh Gott, denke ich. Und dann verdreht sie die Augen, kippt nach vorne und ich fange sie auf.

„Es war ein Hinterhalt", erzählt mir Tony zwanzig Minuten später. „Definitiv Carlos Jungs. Sie haben sich auf die gleiche Art umgebracht wie der Kletterer, anstatt zu reden, aber wir haben einem der Typen die Pille aus dem Mund holen können. Er ist zwar ziem-lich angeschlagen, kann aber reden."

Ich nicke. „Bereite einen Raum für ihn vor. Wenn er irgendwas versucht, um sich zu schaden, stell ihn ruhig."

Carlo hat meinen Vater ermordet. Er hat meinen Vater vor dem Tor unseres eigenen Hauses ermordet. Er glaubt, er kann mir das gleiche antun.

Ich trage noch immer den gleichen Anzug, das Blut meines Vaters darauf, vor mir auf dem Schreibtisch liegt eine Pistole. „Sie haben also Scharfschützen direkt vor unserem verdammten Tor postiert."

Tony nickt seufzend. „Das stimmt."

„Und meine Mutter?" Ich schaue ihn an und er verlagert sein Gewicht etwas unbeholfen.

„Ruhiggestellt. Das hat sie ziemlich mitgenommen. Der Typ hat ihn direkt ins Herz getroffen." Mein Gesichtsausdruck lässt ihn zusammenzucken.

Zumindest ging es schnell und er musste nicht leiden. Aber Mutter...

Carlo wird dafür bezahlen.

Während ich meine Mutter von der Couch in ihr Zimmer trage, bin ich innerlich wie betäubt. Sie wird nicht wollen, dass irgendwer sie so sieht. Sie hat ihren Ehemann verloren - ich werde nicht zulassen, dass sie auch noch ihre Würde verliert.

Ich schicke einen der Sicherheitsleute zu Daniela und lasse ihr ausrichten, dass sie mit Laura oben ruhig bleiben soll, während ich mich um alles kümmere. Ich verspreche bald wieder bei den beiden zu sein. Dann gehe ich in mein Badezimmer, wasche mir Vaters Blut ab und ziehe meinen besten, schwarzen Anzug an. In mir steigt die Wut auf, wie die Lava in einem Vulkan.

Zehn Minuten später haben sich alle, außer meiner direkten Verwandten und der derzeitigen Wachposten, im Besprechungszimmer versammelt. Ich stehe am Kopf des Tisches, am Platz meines Vaters. Meine Haltung ist stramm und ich lasse meinen bohrenden Blick über die Anwesenden schweifen.

„Neuer Don", sage ich einfach; das zustimmende Kopfnicken der anderen brauche ich nicht. „Neue Regeln. Ich will jeden Mann und jede Frau, die den Frazettis Loyalität geschworen haben. Wenn ihr einen findet, sackt ihn ein und steckt ihn in den Keller."

„Was, wenn sie gewalttätig werden?" fragt Tony mit ernster Stimme.

„Dann jagt ihnen eine Kugel in den Kopf, werdet die Waffe los und verschwindet." Ich balle meine Hände zu Fäusten und stütze mich auf die Tischplatte. „So oder so, ich will eine Botschaft senden: Wenn du für die Frazettis arbeitest, egal in welcher Position, sind deine Tage gezählt."

Ich will Carlos Männer nicht einfach nur einsammeln und sie dazu bringen, bei ihm hinzuschmeißen. Ich will nicht hier herumstehen und Versammlungen abhalten. Ich will Carlos Penthouse in die Luft jagen, während er sich darin aufhält.

„Wir erledigen nicht ihn, Boss?" will Tony wissen und schaut mich an.

Ich schüttele den Kopf. „Nein. Denn er hofft darauf, dass wir genau das versuchen. Er hat uns dort angegriffen, wo wir leben und er wird versuchen uns zu reizen, damit wir genau dasselbe tun. Ich bin mir sicher, er und seine Leute erwarten uns schon dort und mit ein paar unangenehme Überraschungen."

Es folgen etwas Gemurmel am Tisch und zustimmendes Kopfnicken.

„Was machen wir also mit Carlo?"

Ich werfe Tony einen kurzen Blick zu und nicke kurz. „Er gehört mir. Ich zahle der Person, die ihn mir lebend bringt, eine Million Dollar."

Bevor ich wieder zu Laura und Daniela gehe, sehe ich kurz nach meiner Mutter. Ihr Mädchen hat sie gewaschen, umgezogen und ins Bett gebracht. In dem großen Bett, das sie sich gestern noch mit meinen Vater teilte, wirkt sie merkwürdig klein - als hätte sie viel mehr verloren, als nur ihren Ehemann.

Mir gehen eine Million Gedanken durch den Kopf. Wut auf Carlo. Wut auf meinen Vater, der sich geweigert hat, Schutzkleidung zu tragen und deswegen erschossen wurde.

Wut auf mich selbst, dass ich das nicht irgendwie verhindert habe.

„Ich kriege diesen Typen, Mutter." verspreche ich ihr leise, bevor ich ihr Zimmer verlasse. „Halte einfach durch."

Ich zögere kurz, bevor ich das Zimmer meiner Tochter betrete. Sie liebt ihren Großvater. Ich bin kurz davor, ihr kleines Herz zu brechen und ich kann nichts dagegen tun. Es ist einfach meine Aufgabe, es ihr zu sagen.

Dann nehme ich alle Kraft zusammen und betrete das Zimmer.

14

Daniela

Die Sonne geht bald auf. Die kleine Uhr auf meinen Nachttisch tickt leise vor sich hin. Ich trage ein Tank Top und Shorts - das erste Mal seit Monaten, dass ich nach Mitternacht überhaupt etwas trage.

Das ist in Ordnung. Auch wenn Armand nur 50 cm Zentimeter von mir entfernt liegt, kann ich im Moment nicht an Sex denken. Und nicht nur wegen dem kleinen, warmen Bündel, das zwischen uns liegt.

Arme Laura. Sie hat so geweint. Und armer Armand, der es ihr erzählen musste. Ich konnte sehen, wie schwer ihm das gefallen ist.

Und jetzt ist Armand der Don. Was bedeutet, dass er viel beschäftigter sein wird... und in größerer Gefahr... und unter stärkerer Beobachtung. Verdammt.

Ich lege meine Hand auf meinen Bauch, der langsam größer und fester wird. *Dieses Baby wird geboren, egal was passiert. Und ich habe keine Ahnung was passieren wird, wenn die Schwangerschaft erst öffentlich wird.*

Ich schließe die Augen. Immerhin kann ich mich darauf verlassen, dass Armand mich nicht sitzen lässt - das hat er bis jetzt nicht getan, oder? Doch erst das Baby... und jetzt das.

Meine Belastbarkeitsgrenze sinkt rapide. Doch Laura braucht mich... und die Art, wie Armand seinen Arm um seine Tochter und mich legt zeigt mir, dass auch er mich braucht.

Ich muss die Sache einfach durchstehen und darum beten, dass ich nicht zusammenbreche.

Ich war noch nie auf einer Beerdigung mit so vielen Trauergästen - oder Schaulustigen -wie bei Armands Vater. Im Anschluss versammeln sich buchstäblich hunderte Menschen in der Empfangshalle. Ich kümmere mich um Laura, während Armand sich um allerhand andere Dinge kümmert. Seine Mutter steht in der Ecke und raucht, sie sieht müde aus.

Auf dem Weg nach draußen sehe ich zwei Männer - die einzigen, die kein Schwarz tragen - in einem der schwarzen Transporter sitzen, die mit uns zur Bestattung und anschließend zur Trauerfeier gefahren sind. Ich warte bis Laura schläft und erkundige mich dann nach ihnen.

„Die Frazettis sind für den Tod meines Vaters verantwortlich. Zwei von ihnen wollten einen Kranz ablegen, in dem eine verdammte Bombe versteckt war. Keine Sorge - ich habe mich darum gekümmert." Er küsst meinen Nacken und schlingt von hinten seine Arme um mich.

„Heilige Scheiße," flüstere ich in mein Kissen, als mir klar wird, dass eine Bombe dieser Größe die ersten Stuhlreihen erwischt hätte. Dort, wo Laura und wir saßen.

„Sie hatten nie eine Chance, uns zu nahe zu kommen." versichert er mir noch einmal. Ich schlucke und nicke, gleichzeitig bin ich froh, dass er mein Gesicht nicht sehen kann.

Normalerweise komme ich damit klar, wenn er etwas über seine Arbeit erzählt. Aber jetzt sterben Menschen und Bomben werden in Menschengruppen platziert. Und zum ersten Mal verspüre ich so etwas wie Abneigung. *So viel Verrücktes – so viel Gefahr - und ich soll mich damit abfinden?*

Er sagte, ich hätte nichts mit seiner... Arbeit... zu tun. Doch das habe ich sehr wohl, schon seit der ersten Nacht.

Ein paar Tage später bekommt die gestresste Laura eine Erkältung. Ich kümmere mich um sie, solange sie krank ist, denn weder ihr Vater, noch ihre Großmutter können es momentan riskieren, sich anzustecken. Doch nach ein paar Tagen fühlt sich mein Hals ebenfalls rau an.

Und einen Tag später erwischt mich die schlimmste Erkältung meines Lebens.

Noch nie hat mich eine Erkältung so schwer getroffen. Das muss an der Schwangerschaft liegen. Und wegen er Schwangerschaft kann ich natürlich auch keine Erkältungsmedizin nehmen.

Ich verbringe zwei Tage damit, die Erkältung „auszuschlafen" und fühle mich dabei nutzlos und allein. Jeder hält sich von mir fern, nur ab und zu bringt mir ein Angestellter etwas zu essen oder räumt ab. Den ganzen Tag döse ich vor mich hin und kämpfe gegen Gliederschmerzen oder verstörende Träume.

Anfangs kann ich mich noch bei Laune halten. Ich weiß, dass ich praktisch unter Quarantäne stehe, bis ich wieder gesund bin. Armand kann sich eine Krankheit nicht erlauben und daher kann er mich auch nicht besuchen. Ich bin ohnehin so heiser, dass ich kaum sprechen kann.

Aber irgendwann reicht es mir. Ich bin einsam, ich bin müde, um mich kümmert man sich erst zum Schluss und aufgrund von Armands vagen Versprechungen, habe ich keine Ahnung, was aus mir wird.

Und so beginnt meine Abneigung. Es ist nur ein kleiner Teil, der sich in meinem Herzen eingenistet hat, an der leeren Stelle, die sich nach Armands Liebe sehnt.

Wo ist Armand jetzt? Die Mutter seines Kindes ist so krank, dass sie vor Gliederschmerzen kaum schlafen kann. Aber ihm fällt nicht mehr ein, als mir eine Nachricht zu schicken!

Ich bin dumm und kindisch und das weiß ich auch. Ich sollte mich von solchen Gedanken nicht leiten lassen. Aber als ich hier so liege, fällt mein Blick wieder auf die Nachttischschublade und ich stelle mir erneut die Frage *was bedeute ich ihm eigentlich?*

Mir fällt nichts Besseres ein, als mich in den Schlaf zu weinen. Und als ich aufwache wird mir klar, dass, wenn ich die Energie aufbringen kann, mich so sehr über einen Mann aufzuregen, dann kann ich auch die Energie zu einer Dusche und zum Fieber messen aufbringen.

Die Schmerzen sind weg, aber ich bin noch etwas steif vom Herumliegen. Ich nehme eine lange, heiße Dusche und trinke zwei Energiedrinks, die ich in meinem Kühlschrank aufbewahre. Dann ziehe ich mir etwas an und mache mich auf die Suche nach Laura und meinen Arbeitgebern.

Ich trage eines der neuen Kleider, die ich von Armand bekommen habe. Es hat eine Empire-Taille und einen weiten Rock, das sollte dabei helfen, meinen Bauch zu verdecken. Es ist hellblau, etwas heller, als meine Augen.

Ich frage mich, ob es ihm überhaupt auffällt.

Wo bist du? Ich begegne Sicherheitsleuten und Angestellten, manche nicken mir zu. Ich lächle etwas verkrampft zurück und laufe weiter in Richtung Treppe.

Ich habe die Treppe fast erreicht, als ein kleines, rosafarbenes Geschoss weinend auf mich zustürmt. Laura, deren pinkes Kleid verknubbelt und dreckig ist, sieht mich und rennt auf mich zu. Sie wirft sich mir entgegen, schlingt ihre Arme um mich und vergräbt ihr Gesicht in meinem Bauch.

Das gefällt meinem empfindlichen Bauch zwar nicht besonders, aber ich nehme sie vorsichtig in den Arm und streiche ihr übers Haar. „Was ist los, Süße?"

„Großmutter schreit Daddy an und hört nicht auf! Und dann hat Daddy auch angefangen zu schreien! Ich habe Angst bekommen und bin weggelaufen." Sie schaut mich mit ihrem tränenüberströmten Gesicht an. „Habe ich etwas falsch gemacht?"

„Nein Süße, dass hast du nicht. Es geht um irgendetwas anderes." Ich zögere kurz. „Kannst du leise in deinem Zimmer spielen, während ich nachsehe, was los ist?"

„Kommst du schnell zurück?" fragt sie, während sie mich anschaut. Sie hat sich wieder etwas beruhigt und schnieft nur noch ein wenig.

„Das werde ich. Und dann erzähle ich dir, was ich erfahren habe." Oder ich denke mir etwas Kindgerechtes aus.

Ich kann die Treppen zu den Räumen von Armands Mutter zwar nicht hochrennen, aber ich laufe so schnell ich kann. Als ich oben ankomme, schwitze ich und atme schwer. Ich muss eine kleine Pause einlegen und meine Atmung wieder unter Kontrolle bringen, die lauten Stimmen höre ich bereits über den ganzen Flur.

Mein Herz rast, als ich mich der Türe nähere. Tony steht davor und sieht recht blass aus. Es gibt nicht viele Dinge, die diesen großen Kerl aus der Fassung bringen können. Ihn so zu sehen, beunruhigt mich daher noch mehr.

Als er mich sieht, schüttelt er sofort den Kopf und sagt mit leiser Stimme: „Geh da lieber nicht rein, Kleines. Du wirst genau zwischen die Fronten geraten."

Ich verkneife mir einen bösen Kommentar darüber, wie sehr die beiden Laura erschreckt haben und das ich ohnehin schon in diesem Schlamassel mit drinstecke. „Was ist denn los?"

Er seufzt tief. „Höre es dir selbst an. Ist mit Laura alles in Ordnung?"

„Sie ist zurück in ihr Zimmer gerannt. Ich habe ihr gesagt, dass ich herausfinden werde, worüber die beiden streiten." Im Moment bin ich einfach nur wütend und mein Gesichtsausdruck scheint Tony zu erschrecken.

Er leckt sich über die Lippen und blickt verunsichert zur Seite. „Es geht um dich. Ich... werde mal nach der Kleinen sehen, okay?" Und dann vergräbt er die Hände in den Hosentaschen und macht sich auf den Weg.

Meine Wut verschwindet und ich hole tief Luft. *Oh Scheiße.*

Ich drücke mein Ohr an die Türe und schließe die Augen; ich weiß es bereits... dann nehme ich meinen ganzen Mut zusammen.

„Ich kann es nicht glauben: ich bin über dreißig und muss mir noch Vorträge über mein Liebesleben anhören!" Ich habe Armand noch nie so wütend erlebt. Ich zucke zusammen, verharre auf meiner Position und höre weiter zu.

„Und ich kann nicht glauben, dass du über dreißig bist und ich als deine Mutter noch immer ein Auge auf dein Benehmen haben muss! Was hast du denn jetzt mit dem armen Mädchen vor, nachdem du sie geschwängert hast? Wie willst du Laura das erklären?" Seine Mutter schreit ebenfalls und ich kann auch die Tränen in ihrer Stimme hören.

„Das geht dich nichts an! Ich habe mich um die Sache gekümmert, so wie ich es ihr versprochen habe! Ich hatte es unter Kontrolle, Mutter!" Armands Wut wandelt sich in Verbitterung.

„Indem du dieses arme, unschuldige Mädchen dazu überredest, deinen Bastard auszutragen und zu verheimlichen, von wem es ist? Was hattest du vor, wolltest du sie auszahlen? Daniela verdient etwas Besseres als das! Und auch das Kind, das sie trägt!"

Ich erstarre und weiß gar nicht, auf wessen Seite ich bin. Ich liebe Armand. Aber andererseits... seine Mutter hat Recht.

Eine Zeit lang schweigt Armand. Dann antwortet er leise: „Sie verdient etwas Besseres. Sie verdient etwas Besseres, als einen Mann, der sie nicht lieben kann."

„Dann lernst du besser, sie zu lieben, verdammt nochmal, oder Gott bewahre, jeder in New York City wird es erfahren!" Dann bricht seine Mutter in Tränen aus.

Ich lehne mich gegen die Tür. Ich kann nicht gehen, mir ist schwindelig und ich bin zu aufgebracht. *Zu was will sie ihn zwingen?* Ich erinnere mich daran, wie sie sich anfangs eingemischt und mich davor davor gewarnt hat, etwas mit ihrem Sohn anzufangen.

Damals habe ich wie ein rebellierender Teenager reagiert. Ebenso wie Armand...

„Was zur Hölle willst du damit sagen, Mutter?" Fragt er geschockt.

„In meiner Familie wird es keinen Bastard geben, nur weil du in Gegenwart von Kindermädchen deinen Verstand ausschaltest. Du wirst das Mädchen heiraten und sie und deine Kinder gut behandeln. Du wirst keine Schande über mich oder über das Andenken deines Vaters bringen, indem du dich weiterhin wie ein Teenager verhältst!"

„Das kann nicht dein Ernst sein!" Erwidert er aufgebracht. Doch dann wird er wieder ruhig und zwischen den beiden entsteht ein merkwürdiges Schweigen.

„Es ist das Richtige", sagt sie nachdrücklich. „Und das weißt du auch."

„Was ich weiß ist, dass meine Entscheidung bezüglich Daniela genau das ist - meine Entscheidung!" Entgegnet er verärgert.

Mir steigen Tränen in die Augen, seine Selbstsucht wird mir zu viel.

Du Arsch. Du verführst mich, schwängerst mich und hältst mich mit Versprechungen hin - und wenn deine Mutter dich erwischt, wirst du so wütend, dass du deine Tochter verschreckst und deine Mutter zum Weinen bringst. Du machst die mehr Sorgen darüber die Kontrolle zu behalten, anstatt darüber, wie sich dein Verhalten auf die Menschen auswirkt, die dich lieben!

„Du hast dich in dem Moment entschieden, als du entgegen allen Warnungen, mit dem nächsten Kindermädchen geschlafen und es geschwängert hast!" Ich höre einen dumpfen Schlag. „Ich habe dich sogar davor gewarnt, du dummer Junge!"

„Warte Mutter, okay. Nicht aufstehen, du fällst wieder hin." Jetzt klingt Armand tatsächlich besorgt und reuig, als habe er endlich verstanden, wie sehr er alles versaut hat. „Pass auf. Ich weiß, dass du wütend bist, aber warum überlässt du es mir nicht, die Sache auf meine Weise zu regeln?"

„Weil du die Sache nicht regelst, Armand!" erwidert sie seufzend. Ich schlucke und die Tränen laufen über. „Du wirst das Richtige tun und das Mädchen heiraten. Wenn du schon nicht an sie denkst, denke wenigstens an das Kind... und an den Ruf der Familie."

Armand zögert lange, bevor er antwortet. Und mit einer Abneigung in der Stimme, die mir das Herz bricht, sagt er nur ein einziges Wort:

„Gut."

15

Daniela
Zwei Wochen später werden wir von einem Priester getraut. Es ist eine ruhige, private und triste Angelegenheit, die ihren Zweck erfüllt - wie eine ungeliebte Aufgabe, die man erledigen muss. Ich habe keinen meiner Freunde eingeladen. Ich wüsste gar nicht, was ich ihnen erzählen sollte.

Die ganze Zeit lächelt Armand höflich. Er ist nett zu mir, doch auch der Kuss vor dem Altar ist nur eine unpersönliche Vorstellung für ein kleines, applaudierendes Publikum. Mir wird schwer ums Herz und als ich endlich eine Möglichkeit habe, meinen Hochzeitsempfang für einen Moment verlassen zu können, fliehe ich auf die Toilette, schließe mich ein und lasse den Tränen für ein paar Minuten freien Lauf.

Der Gedanke daran, dass alles, was ich vielleicht mit Armand hätte haben können, durch diese Zwangsehe zerstört wurde, quält mich, trotzdem bringe ich den Empfang lächelnd und mit gezwungenen Unterhaltungen hinter mich. Seiner Mutter will ich nicht einmal in die Augen schauen, ihre Rolle in alldem und die Art, wie Armand nicht einmal versucht, seine schlechte Laune zu verbergen, machen mich wütend. Dennoch bringe ich die Sache mit meinem besten, gefälschten Lächeln, hinter mich.

Die einzigen Personen, die glücklich zu sein scheinen, sind die unschuldige Laura, für die ich nun weiterhin da sein kann und Armands Mutter, die selbstgefällig umherschreitet und sich wahrscheinlich selbst dazu gratuliert, alles in Ordnung gebracht zu haben. Ich kann sie nicht konfrontieren; ich weiß, dass der Verlust ihres Ehemanns sie noch immer belastet. Das mag vielleicht auch der Grund sein, warum sie uns beide so verzweifelt verheiraten wollte.

Als Armand mich an jenem Tag aufgesucht hat, um mir den Antrag zu machen, wusste er nicht, dass ich bereits wusste, dass er von seiner Mutter dazu gedrängt wurde. Das erste, was er zu mir sagte, als er mir den goldenen Ring anbot war: „Es tut mir leid."

Wir beide wissen, dass er mich nicht liebt. Er will, dass ich glaube, er heiratet mich, um das Kind zu legalisieren - was ja auch stimmt, nur war es nicht seine Idee. Ich habe versucht mich mit dem Gedanken zu trösten, dass ein reicher Ehemann mit einer bezaubernden Tochter kein schlechter Fang ist, auch wenn er mich nicht liebt.

Das ist immerhin mehr, als meine Mutter hatte.

Doch ich kann bereits erkennen, dass die Dinge schlimmer werden. Die Anziehungskraft zwischen uns ist verschwunden. Während des Empfangs schaut er mich kaum an. Auf der Fahrt nach Hause ist er angespannt und wir reden kaum miteinander.

Er hat keine Zeit für Flitterwochen. Ich habe kein Herz dafür.

Als wir mein Zimmer erreichen, berührt er mich nicht. Er sagt schlicht: „Du bist jetzt die Frau des Don. Du wirst noch weitere Verpflichtungen haben, außer dich um Laura und unsere Kinder zu kümmern."

Seine Stimme ist völlig emotionslos. Er redet mit mir, wie mit seinen Männern.

Ich schlucke meinen Tränen herunter. „Ich verstehe."

Er erklärt mir seine Erwartungen. Versammlungen, soziale Besuche, Kirche, mein italienisch verbessern. Unser Kind muss getauft werden. Ich sitze regungslos da und nehme nickend alle Informationen auf. Von der Stimme meines Liebhabers ist nichts zu erkennen.

Etwas bedauernd aber immer noch kühl fügt er hinzu: „Die Frazettis haben während der Hochzeit ein weiteres Ding geplant. Wir haben drei ihrer Männer erwischt. Ich muss mich darum kümmern."

Aber es ist unsere Hochzeitsnacht! Überrascht schaue ich ihn an, zu verdutzt und zu unglücklich, um etwas sagen zu können. Schließlich nicke ich einfach, schließe meine Augen und lasse den Kopf hängen.

Mir gelingt es meine Tränen zurückzuhalten, bis er die Türe hinter sich geschlossen hat. Dann schaue ich auf das kalte Gold an meinem Finger, ziehe es ab und werfe es in die Ecke. Ich weine in den Ärmel meines Hochzeitskleids und betrauere den Verlust meines Liebhabers.

Er ist nicht mehr mein Liebhaber. Er ist jetzt mein widerwilliger Ehemann. Und ich bin sein Klotz am Bein.

16

Armand

Sobald ich das Zimmer verlassen habe höre ich Daniela - meine neue Ehefrau - weinen und muss mich zwingen, nicht umzukehren. Als ich mich in meinem Zimmer umziehe, steigen Scham und Wut in mir auf. Nach ungefähr einem Monat anhaltender Spannung und einer Abschwächung unseres Sexlebens, hatte ich gehofft, wir würden in einer echten Hochzeitsnacht wieder zueinander finden.

Stattdessen konfrontiere ich sie mit der Ansprache meiner Mutter, damit sie weiß, was sie erwartet. Dann entschuldige ich mich für meine Abwesenheit und gehe. Ich kann sehen, wie sehr sie das verletzt. Wie sehr ich sie verletze! Anstatt eines richtigen Ehemanns bin ich da - jemand, der keine Liebe zu geben hat.

Ich bin jetzt eine Last für sie. Sie ist nun an dieses Leben gebunden, verheiratet mit der Mafia, eine wandelnde Zielscheibe. Und sie ist an einen Mann gebunden, der das Gefühl hat seine tote Frau zu betrügen, wenn er sich neu verliebt.

Oh Gott, Mutter hat Recht. Ich habe es wirklich versaut.

Doch in diesem Moment ist Carlos derjenige, der etwas versaut hat.

Der Grund warum ich meine Hochzeitsnacht nicht mit meiner Frau verbringen kann ist der, dass Carlos Leute dafür sorgen wollten, dass es überhaupt keine Hochzeitsnacht gibt. Sie hatten den Auftrag Daniela umzubringen, um mich zu demütigen. Und während ich meinen schwarzen Anzug und ein Paar Lederhandschuhe anziehe, bin ich darüber wahnsinnig wütend.

Ich kann ihr zwar nicht geben, was sie verdient. Aber ich kann sie immerhin beschützen.

Tony trifft mich wieder bei der Treppe, als hätte er einen Peilsender bei sich. „Zwei weitere Typen haben versucht unseren Van von der Straße zu drängen, der die Typen hierher bringt. Ich habe es überprüft und sie haben Sender am Van angebracht. Also habe ich einen unserer Jungs losgeschickt, die Sender an ein Flugzeug Richtung LaGuardia zu heften."

Ich lache humorlos, selbst der Gedanke daran, wie Carlos Männer sich auf die Jagd in einen anderen Staat machen, um ihre eigenen Leute zu finden, kann meine Stimmung nicht heben. „Hast du alle eingesammelt?"

„Einer hat den Unfall nicht überlebt. Die anderen sind unten und für das Verhör bereit. Wir haben sie bereits nach Pillen durchsucht." Als wir die Treppe heruntergehen, runzelt er die Stirn. „Geht es dir gut?"

Abgesehen von meiner Mutter ist Tony der einzige, der die ganze Geschichte kennt, also erzähle ich ihm ein wenig. Ich kann meinen Ärger als Antrieb nutzen, für das, was hier unten auf mich wartet.

„Tony, ich musste gerade ein süßes, unschuldiges Mädchen heiraten, das etwas Besseres verdient, als mich. Sie verdient jemanden, der nicht jeden verdammten Morgen das Bett nach seiner toten Frau absucht." Wir erreichen die zweite Etage und ich seufze tief. „Ganz zu schweigen davon, dass ich sie jetzt lieber zwei Stunden vögeln würde, anstatt mich um diese Scheiße hier zu kümmern."

„Hey Mann. Weißt du - ich kenne das Mädchen jetzt ganz gut. Du bedeutest hier sehr viel! Glaubst du sie hat kein Verständnis dafür, dass du noch Zeit brauchst, um über das, was Bella geschehen ist, hinwegzukommen? Komm schon!" Seine Stimme steckt voller Mitgefühl und klingt etwas flehend - und deswegen verberge ich meine Verwirrung vor ihm.

„Sie sollte aber nicht darauf warten müssen, dass ich ihr echte Liebe entgegenbringen kann. Sie hat niemanden außer uns—nur deswegen ist sie doch überhaupt hergekommen. Meine Stimme klingt mehr wie ein frustriertes Knurren und der Gedanke daran, Daniela zu enttäuschen, liegt mir wie ein Eisblock im Magen. „Nichts von allem hier hätte passieren sollen."

„Hört sich für mich so an, als bedeute sie dir schon eine ganze Menge", antwortet Tony leise und ich schaue ihn an, als wir den Keller erreichen.

„Das ist aber nicht genug. Sie verdient etwas Besseres. Sie verdient einfach alles."

„Dann solltest du dich vielleicht von der Vorstellung lösen, dass es ein Verrat an B—„

Der Eisblock in meinem Magen wird noch schwerer und ich richte einen warnenden Blick auf Tony. „Dafür haben wir jetzt keine Zeit", entgegne ich kurz. Er seufzt, nickt und folgt mir wortlos den Flur entlang.

Dieses Mal benutzen wir den großen Raum am Ende des Gangs. Als ich ihn betrete, blicke ich auf zwanzig Gefangene - ein Viertel von Frazettis Männern. Zehn weitere haben wir ins Grab geschickt. Es war ein produktiver Monat.

Ich gehe in den Raum und sehe mir jeden Gefangenen einzeln an. Sie sind alle an den festgeschraubten Stühlen angekettet. Als sie mich sehen, belegen mich die jüngeren mit allerhand Flüchen und bösen Blicken, während die Älteren angespannt wirken und mich nur stumm ansehen. Meine Reaktion ist ein eiskalter aber wütender Blick, der alle augenblicklich zum Schweigen bringt.

„Heute hat euer psychopathischer Boss die Idee gehabt, mithilfe explodierender Lieferwagen und zwei Scharfschützen am Hinterausgang, meine Hochzeit zu stören. Wir haben euch gekriegt. Er hat wieder verloren." Ich lächle sie humorlos an.

„Aber nicht lange, du Hurrensohn!" knurrt einer der neuen Männer; ein muskulöser Typ mit breiten Schultern, einem schlechtsitzenden Anzug und blonden Strähnen in den Haaren. Als ich mich zu ihm umdrehe, zucken die anderen neben ihm zusammen und lehnen sich so weit wie möglich von ihm weg. Vielleicht fürchten sie sich vor den Blutspritzern.

„Oh wirklich, nicht lange? Warum? Was für einen idiotischen Bullshit-Plan hat Carlo sich denn dieses Mal ausgedacht? Hat er dir Sprengstoff in den Arsch gesteckt und den Zünder an deinem Schwanz befestigt? Oder willst du mich mit deinem Gestank umbringen?"

Der Typ wird rot und ist augenblicklich still. Die Gefangenen lachen nervös und meine Jungs - die ihre Sturmgewehre auf die Typen richten - lachen ebenfalls leise vor sich hin. Doch ich bin im Moment so angepisst, dass ich mich richtig reinsteigere.

„Nein, nein. Lass uns das ausführlich besprechen. Dieser Pisser glaubt, er weiß alles, also lass hören." Ich ziehe meinen Revolver aus dem Halfter und richte ihn direkt auf diesen blonden Bastard. „Erzähl!"

Ihm fällt die Kinnlade runter und er reißt die Augen weit auf. „Ich —ich—ich kenne nur meine Befehle! Eine Bombe am Vordereingang, alle kommen durch den Hinterausgang und die Scharfschützen erledigen die Frau und so viele Ihrer Männer, wie möglich."

Ich spanne den Hahn. „Das weiß ich alles schon. Nicht gut genug."

„Heilige Scheiße!" Sein Gesicht ist jetzt schneeweiß und auf seiner Stirn bilden sich Schweißtropfen; seine Augen sind weit aufgerissen und seine Lippen zittern. „Bitte Mr. Rossini, er hat... sie haben—""

„Halt die Schnauze oder er legt sie um!" Faucht ihn ein breiter, dunkler Typ mit Meckifrisur an. Als ich meine Waffe auf ihn richte, ist er ruhig.

„Du hältst verdammt nochmal die Schnauze!" Ich richte meine Waffe wieder auf den Blonden. „Sprich weiter!"

Und völlig unerwartet bricht es plötzlich aus dem großen Typen heraus. „Er hat unsere Familien, Sir! Deswegen kriegt er so schnell neue Leute!"

Ich senke meine Waffe. „Warte. Er hat eure Familien?" Ich kann nicht glauben, was ich da höre... nicht, weil es keinen Sinn macht, sondern weil es auf schreckliche Weise am meisten Sinn macht.

Der verängstigte junge Ehemann und Vater, der vor wenigen Augenblicken noch einer von Frazettis Handlangern war, nickt mit Tränen in den Augen. „Ich habe eine Frau und ein einjähriges Kind, von denen ich seit zwei Wochen nichts mehr gehört habe. Ich weiß nicht, wo sie sind oder was er ihnen angetan hat - Ich schwöre bei Gott!"

Ich schaue mich um. Die meisten Männer sind ganz blass und einige beißen vor Wut die Zähne aufeinander. „Jeder von euch? Er hält geliebte Menschen von jedem seiner Männer als Geisel?"

Jeder nickt. Jeder einzelne von ihnen.

„So sichert sich dieser Wichser eure Loyalität?" Ich denke daran, dass Laura fast eine Geisel wurde und meine Wut richtet sich so entschieden gegen ein neues Ziel, dass ich handeln muss.

„Sehen Sie, Mann", der Mann, der gerade noch versucht hat, seinen Kollegen zum Schweigen zu bringen, redet jetzt mit ruhiger Stimme: „Niemand hier würde für ihn gegen Sie vorgehen, wenn er nicht die Waffe gegen unsere Liebsten richten würde. Respekt, richtig? Aber wir können Ihnen keinen Mist erzählen. Mein kleiner Junge ist noch nicht einmal vier."

Ich stecke meine Pistole wieder ein. „Ich werde euch nicht dazu zwingen euch gegen euren Boss zu stellen, wenn eure Familien in Gefahr sind. Ich werde nichts tun, was sie in Gefahr bringt."

Im Raum macht sich eine gewisse Unruhe breit. Die meisten von ihnen schauen mich verwirrt an. Andere schauen skeptisch.

„Ich werde sie befreien. Und sobald das erledigt ist, werdet ihr mir helfen, diesen Typen von diesem Planeten zu pusten."

Meine leidenschaftliche Ansage schockt alle Anwesenden, sogar mich. Tony lehnt sich zu mir vor. „Bist du dir sicher, Boss?" fragt er leise.

„Die ganze Zeit fragen wir uns, wie er seinen neuen Leuten so schnell so starke Loyalität abgewinnt. Jetzt wissen wir es." Ich sehe mir die Männer an und einige haben plötzlich einen Ausdruck von Hoffnung in den Augen.

„Ich will, dass jeder in diesem Raum weiß, dass ich mein Versprechen halten werde; eure Liebsten aus Carlos Fängen befreien und sie an einen sicheren Ort eurer Wahl und weit weg von hier bringen werde. Und wenn ich das tue, habt ihr eine Wahl. Ihr könnt ihm folgen oder mir." Ich verschränke meine Arme vor der Brust.

Sie murmeln vor sich hin und miteinander. Ich wende mich an Tony. „Bring sie alle zurück in ihre Zellen, damit sie darüber nachdenken können. Besorge ihnen etwas zu essen und lass ihre Wunden behandeln."

„Es wird hier unten ganz schön voll," warnt mich Tony vorsichtig.

„Ich weiß. Das ist egal. Jetzt, da ich weiß, dass Carlo keinen einzigen Mann hat, der ihm gegenüber loyal ist, sondern erpresst wird, weiß ich auch, dass er nur an Arbeitskräften interessiert ist. Seine Leute sind ihm scheißegal."

„Also, was jetzt?" Fragt mich Tony, während wir uns auf den Weg zu meinen Räumen machen.

„Alkohol." Ich atme tief durch. „Und morgen gebe ich den Befehl raus, mir Alexandra Frazetti zu bringen, lebendig und unverletzt."

„Du verbringst den Rest der Nacht nicht bei deiner neuen Frau?" Fragt er mich ganz direkt und zieht die Augenbrauen in die Höhe.

„Ich habe sie weinend zurückgelassen, Tony", seufze ich. „Wahrscheinlich hasst sie mich gerade."

„Sie würde nicht weinen, wenn sie dich hasst." Seine dunklen Augen durchbohren mich geradezu.

Ich halte kurz an, schließe die Augen und spüre den Eisblock in meinem Magen wieder. „Ich verdiene sie nicht." sage ich leise. „Im Moment habe ich das Gefühl, ich würde sie beschmutzen."

Er schüttelt den Kopf. „Gut. Mach was du willst. Aber ich denke, du machst einen Fehler."

17

Daniela

Armand hat mich seit Wochen nicht mehr berührt.

Er schläft am anderen Ende des Flurs, in seinem Luxusbett, während ich weiterhin neben seiner Tochter schlafe und mich um sie kümmere. Manchmal bekomme ich einen Gute-Nacht-Kuss und es wirkt, als wolle er mehr - doch dann weicht er zurück und lässt mich allein. Der Schmerz bleibt - ich kann mich daran nicht gewöhnen.

Ich wusste es. Ich wurde ihm aufgezwungen und jetzt verachtet er mich so sehr, dass er nicht einmal mehr mit mir ins Bett gehen will. Er versichert mir zwar, dass ich nichts falsch gemacht habe und ich etwas Besseres verdient habe. Doch dann gibt er mir noch weniger, als zuvor.

Er ist nicht gemein. Er unterstützt meine Beziehung zu Laura, er macht mir Geschenke und er ermutigt mich, weiter zu malen.

Aber alles, was ich mit dem Pinsel zustande bringe, sieht aus wie Müll. Schlammiges Rot und ekelhaftes Grün; aufgewühlte Wolken aus hässlichen Farben und Landschaften voll toter Gegenstände. Mein gebrochenes Herz blutet auf die Leinwand und die Ergebnisse sind abscheulich.

Ich verstecke die Leinwände in den hinteren Reihen des Trocken-gestells, hoch genug, damit Laura sie nicht finden kann, und hoffent-lich auch niemand sonst. Ich weiß, woran es liegt. Ich kann zwar den ganzen Tag mit einem falschen Lächeln herumlaufen, doch meine Malerei kommt aus dem Herzen und aus der Seele - und beide sind verwundet.

Hin und wieder braucht Armand mich noch für andere Aufga-ben, als mich um Laura zu kümmern. Gäste unterhalten - meist entfernte Verwandte aus Sizilien. Mein italienisch ist gut genug, um eine ordentliche Unterhaltung führen zu können. Und meine schau-spielerischen Leistungen sind auch ausreichend, um heiter und ausgeglichen zu wirken; auch wenn mich innerlich der Schmerz der Einsamkeit plagt.

Ich bin jetzt die Ehefrau des neuen Dons. Nicht Daniela. Ich weiß, dass mich das wohl zu einer der mächtigsten Frauen New Yorks macht... aber ich fühle mich nicht mächtig.

Es fühlt sich an, als erledige ich einfach einen weiteren Job, in einer viel höheren Gehaltsklasse.

Doch in diesen einsamen, ruhigen Nächten, träume ich noch immer von Armand. Seinem Lächeln, seinen Berührungen, seinem Körper an meinem. Sein musikalisches Stöhnen, sein zärtliches Flüstern.

Und ich wache, wild um mich schlagend auf und suche nach ihm, dem Höhepunkt so nahe, dass ich ihn herbeisehne. Doch er ist nicht da... und mein Verlangen und meine Befriedigung verwandeln sich in Tränen.

Ich befinde mich im zweiten Schwangerschaftsdrittel und mache einen Spaziergang im Garten, als Armands Mutter mich plötzlich konfrontiert. Meine Knöchel sind lächerlich stark geschwollen. Ich fühle mich fett, schwach und deprimiert und ich hoffe, die frische Luft wird mir guttun. Als ich ihre Stimme hinter mir höre, bin ich emotional bereits so erschöpft, dass ich nur noch die Augen rolle und mich wortlos umdrehe.

„Einen schönen Tag, Daniela. Wie geht es meiner Enkelin?" Ohne zu fragen, streckt sie ihre Hand nach meinem Bauch aus und ich weiche vorsichtig zurück. Das trockene Laub knirscht unter meinen Füßen.

„Sie ist sehr aktiv", antworte ich leise, ohne sie anzusehen. *Fass mich bloß nicht an, du herrische, alte Hyäne.* „Ich habe etwas mit Schmerzen zu kämpfen."

Aber nicht in meinem Bauch. Die Schwangerschaft verläuft laut der Geburtshelferin, soweit „problemlos". Ich tue alles, damit das auch so bleibt. Ich kontrolliere alles, was ich zu mir nehme, ich bewege mich und ich trinke viel Wasser.

Natürlich interessiert sie sich nur dafür. „Dem Baby geht es gut?"

„Ihr geht es gut. Mir nicht." Ich will ihr nicht sagen, wie sehr ihr Kreuzzug für ein legitimiertes Enkelkind mein Leben versaut hat. Also bleibe ich bei meinen Äußerungen vage und lasse sie glauben, dass es um meinen Körper geht und nicht um mein Herz.

„Oh, das tut mir leid. Immer noch die Übelkeit?" Sie nickt wissend und schaut mich mitleidig an. „Die erste Schwangerschaft ist immer die schwierigste. Aber keine Sorge, bei der nächsten hast du den Dreh schon raus."

Ugh. „Danke für die Aufmunterung," entgegne ich in dem ruhigsten und ausgeglichensten Ton, den ich aufbringen kann.

Gleichzeitig wird mir bei dem Gedanken an mein kaltes, leeres Bett das Herz ganz schwer. Armand ist ein Meister darin geworden, sich in seiner Arbeit zu vergraben. Ich sehe ihn nur noch, wenn er mich bei einer Veranstaltung braucht oder wenn er nach Laura schaut, während ich bei ihr bin.

Das erste Mal, als Tony zu mir kam und mir sagte, dass er mit mir zum Arzt fährt, bin ich in Tränen ausgebrochen. Mittlerweile setze ich den ganzen Tag mein Poker Gesicht auf.

Ich starre meine Schwiegermutter ausdruckslos an. Ihr Lächeln hat etwas von seiner Stärke verloren und dann zwingt sie sich wieder zu einem breiteren Lächeln. „Ich mache mir einfach Sorgen um euch zwei, meine Liebe."

„Danke." antworte ich freundlich, ruhig und bedächtig. Ich setze meinen Spaziergang fort und sie geht neben mir her, gestützt auf einen Stock.

Nach einigen Schritten redet sie wieder fröhlich los: „Mir ist jedenfalls nicht entgangen, dass du und mein Sohn in getrennten Zimmern schläft."

Ich bleibe abrupt stehen. *Neugierige, dämliche Kuh. Das hast du jetzt nicht gesagt.* Doch sie hat es tatsächlich ausgesprochen.

„Mein Ehemann arbeitet hart daran, Mr. Frazetti zur Strecke zu bringen." antworte ich leise. „Wir gehen zu sehr unterschiedlichen Zeiten schlafen."

„Es ist ja nett, dass du ihm so sehr beistehst, aber jede Nacht?" Sie schaut mich mit ihren neugierigen, schwarzen Augen an... und dann, nach Monaten, kann ich mich nicht mehr zurückhalten.

„Ja, jede Nacht. Nicht, dass es dich etwas angehen würde." Ich reiße die Hände in die Höhe. „Du hast doch schon, was du wolltest! Er ist verheiratet und ein Baby ist unterwegs. Mission erfüllt - könntest du dich jetzt endlich aus unserem Liebesleben raushalten!"

„Aber so kannst du doch keinesfalls glücklich sein!" Sie klingt tatsächlich verwirrt... als wäre ihr der Schaden, den sie angerichtet hat, gar nicht bewusst. Sie denkt noch immer, dass sie das Richtige getan hat.

„Natürlich bin ich nicht glücklich!" schnauze ich sie an. „Natürlich nicht! Es ist fürchterlich zu wissen, dass er mich nur geheiratet hat, weil du ihn dazu gezwungen hast!"

Sie blickt mich erstaunt und mit offenem Mund an. Und während sie mich so anstarrt glaube - befürchte, hoffe ich—dass sie endlich verstanden hat.

Doch dann lächelt sie mich einfach nur an. „Du bist einfach schwanger und das beeinflusst deine Stimmung. Ist schon gut, ich nehme das nicht persönlich."

Dann dreht sie sich um und geht weg, als sei nichts gewesen.

Ich starre ihr hinterher... und hasse sie noch mehr. Mir wird klar, dass sie niemals zugeben wird, dass es falsch war, Armand und mich zusammenzudrängen.

An diesem Abend überrascht mich Armand und isst mit Laura und mir zusammen zu Abend. Laura besteht neuerdings darauf, mit mir gemeinsam zu essen, wenn sie nicht mit ihrem Vater oder ihrer

Großmutter unterwegs ist. Sie sagt, ich sei zu oft alleine und das mache sie traurig.

Auf diese Weise muss Armand, will er mit seiner Tochter essen, auch mich sehen; egal, was für eine Last ich für ihn geworden bin. Ich bin froh über Lauras liebenswerte Eigensinnigkeit. Ich weigere mich, zu einem Einrichtungsgegenstand in seinem Haus zu verkommen, nur weil Armand mich als lästig empfindet.

Ich esse still vor mich hin und versuche mein weinendes Herz zu ignorieren, während er sich mit Laura unterhält. „So, Halloween steht vor der Tür." sagt er fröhlich zu ihr und schneidet dabei ihr Fleisch klein. „Weißt du, welcher Feiertag danach kommt?"

„Truthahn Tag!" antwortet sie vergnügt.

„Und danach?" Er strahlt sie an. Ab und zu blickt er kurz in meine Richtung - dann schwindet sein Lächeln etwas. Erst, wenn er wegsieht, wird es wieder breiter.

„Weihnachten!"

Ich schlucke ein weiteres Stück Fleisch herunter. Ich hatte heute noch nicht genug Proteine und jetzt ist die letzte Gelegenheit für heute, dies zu ändern. Ich esse ganz automatisch und versuche zu ignorieren, wie schlecht mir von Armands Ignoranz wird.

„Ja Süße. Du musst also langsam deinen Wunschzettel an das Christkind schreiben. Ich weiß ja, wie lange du brauchst, um dich zu entscheiden." er zwinkert ihr zu und sie kichert.

Es fühlt sich an, als beobachte ich die beiden durch eine Glasscheibe, anstatt im selben Raum zu sein. Ich habe keine Ahnung, wie ich Teil dieser Unterhaltung werden kann. Mein Bauch wiegt schwer auf meinen Oberschenkeln. Seufzend lehne ich mich zurück und lege eine Hand auf meinen runden Bauch.

Zumindest wird das Baby bald da sein; vielleicht fühle ich mich dann nicht mehr so verdammt einsam.

Nachdem er Laura ins Bett gebracht hat, überrascht Armand mich ein weiteres Mal und fragt mich, ob ich einen Spaziergang mit ihm mache. Anstatt in den Garten, führt er mich ins Atelier.

Als ich eintrete, sehe ich die fürchterlichen Bilder, die ich versteckt hatte, ordentlich nebeneinander aufgereiht. „Ich verstehe, warum du sie dort hinlegst, wo Laura sie nicht sehen kann." sagt er leise und stellt sich vor die Bilder.

Du Bastard. „Die sind privat." sage ich.

Er schaut mich an. „Ich bin dein Mann."

Ich senke den Blick und blicke auf den goldenen Ring an meinem Finger. Jede Nacht bevor ich schlafen gehe, nehme ich ihn ab und lege ihn in die Schublade zu den Kondomen. Jeden Morgen bevor ich das Zimmer verlasse, lege ich ihn wieder an. Das ist der einzige echte Beweis, dass ich verheiratet bin.

„Nicht, dass es jemandem auffallen würde," entgegne ich schließlich. Ich bin es leid, den ganzen Schmerz vor ihm zu unterdrücken. „Und die Bilder sind dennoch privat. Du hättest fragen sollen."

Er zuckt zusammen... dann richtet er seine Haltung wieder und zeigt auf die Bilder. „Was zur Hölle soll das alles sein?"

Ich starre ihn an. „Meine Gefühle."

Armand blickt ungläubig zwischen mir und den Bildern hin und her. Dann fragt er etwas verärgert: „Das? Das sind deine Gefühle? Über was?"

Ich starre ihn an und bemühe mich, meine Traurigkeit und meine Einsamkeit in Worte zu fassen. „Über das Leben."

„Das Leben? Du hasst dein Leben so sehr? Du findest dein Leben so fürchterlich?" Jetzt ist er wirklich wütend und abwehrend. Er dann legt er los.

„Du wohnst in einem scheiß Palast. Du hast mein Geld und sogar einen Teil meiner Macht. Niemand wird jemals die Berechtigung dieses Kindes in Frage stellen und weder dir, noch ihr wird es jemals an etwas fehlen. Was willst du mehr?"

Es braucht meine ganze Selbstbeherrschung, um nicht loszuschreien. Stattdessen verschränke ich die Arme vor der Brust und starre ihn an. „Seit wir verheiratet sind, meidest du mich. Deiner Mutter ist schon aufgefallen, dass wir getrennt schlafen. Und jetzt rate, wem sie deswegen auf die Nerven gegangen ist?"

Die Wut verschwindet von seinem Gesicht und er schaut mich fragend an. „Was?"

Ich erzähle ihm von der Begegnung im Garten. Als ich fertig bin, schüttelt er den Kopf und zieht ein mürrisches Gesicht.

„Meine Mutter hat ein Problem mit Grenzen. Ich werde mit ihr reden." Er zögert kurz und fragt dann: „Was wühlt dich wirklich so auf, dass du... solche Bilder malst?"

„Du hast mich verlassen," antworte ich leise. Meine Stimme klingt so schwach, dass ich nicht sicher bin, ob er mich gehört hat.

Er dreht sich zu mir um. „Ich dachte, das wolltest du."

Ich lache schwach und traurig. „Nein. Ich weiß nicht, warum du ständig Ausreden dafür suchst, mich nicht mehr zu besuchen, aber es ist sicher nicht wegen etwas, das ich gesagt oder getan habe."

Er senkt den Blick ein wenig und sieht verwirrt aus. „Die Umstände haben uns zusammen gezwungen. Du wirkst darüber so unglücklich."

„Ich bin verdammt nochmal einsam, Armand!" sage ich leise. „Was du mir geben konntest, war nicht perfekt, aber jetzt gibst du sogar noch weniger."

Er schaut mich ungläubig an und er nimmt wieder eine Abwehrhaltung ein. „Du kannst mir nicht erzählen, dass du dich freiwillig darauf eingelassen hättest einen Mann zu heiraten und Kinder mit ihm zu kriegen, wenn er noch immer um seine tote Frau trauert."

„Doch, tatsächlich hätte ich das. Denn sie ist jemand, den du geliebt hast, sie ist nicht meine Konkurrentin"! Ich weiß nicht, ob Bella und ich uns verstanden hätten, aber ich betrachte sie nicht auf diese Weise.

Ich rede weiter, ich weiß nicht, was ich sonst tun soll. „Ich... ich war dazu bereit, weißt du. Zufrieden sein, mit der 'großartiger Sex und Freundschaft' Sache und meine Gefühle für dich nicht zu stark werden zu lassen. Und dann war ich bereit dazu, die Schwangerschaft zu verheimlichen, bis du eine Lösung gefunden hast. Und als du kamst und sagtest, du könntest keinen Bastard haben, war ich einverstanden, dich zu heiraten. Obwohl ich wusste, dass du mich nicht liebst oder mich zur Frau haben wolltest."

Er starrt mich an und nach einem kurzen Moment, fahre ich fort: „Ich habe alles getan, was du wolltest und wie du es wolltest. Und im

Gegenzug hast du mich fallenlassen. Du fasst mich nicht an, du redest kaum mit mir - die meiste Zeit siehst du mich kaum an."

Er blinzelt langsam. „Ich habe dich geschwängert und in dieses Leben gedrängt. Ich habe wirklich geglaubt, dass du mich hasst."

„Du hast mich nie gefragt, was ich fühle." flüstere ich als Antwort. In mir brodeln soviel Wut und Schmerz, dass ich Angst habe, alles rauszulassen. „Du hast einfach angenommen."

Er senkt seinen Blick und sagt das gleiche, wie bei seinem Antrag. „Es tut mir leid."

„Ja." flüstere ich und wünsche mir, er würde mich in den Arm nehmen. *Berühre mich einfach.*

Stattdessen entfernt er sich noch ein Stück von mir. „Du hast mir eine Menge gegeben, über das ich nachdenken muss. Ich werde mir deine Arbeiten nie wieder ohne dein Einverständnis ansehen."

Ich nicke und schlucke den Knoten in meiner Kehle herunter.

Als er sich umdreht, um zu gehen, habe ich das Gefühl, dass mein Herz bricht... doch dann bleibt er in der Tür stehen. „Ich bin... froh, dass du mich nicht hasst. Und ich... ich kann im Moment nicht mehr sagen, weil alles so verdammt durcheinander ist."

Er schaut mich mit sanften Augen an, die voller Schmerz sind. „Ich bin dir nicht nahe gekommen, weil ich es nicht noch schlimmer machen wollte. Es gibt keine andere und glaube mir, ich sehne mich nach dir. Aber ich fühle mich wie ein Mistkerl, wenn ich nur daran denke, zu dir zu kommen und mit dir zu schlafen."

„Das verstehe ich nicht. Wir sind verheiratet. Warum solltest du dich jetzt schuldiger fühlen, als vorher?" Ich blicke ihn an und er atmet tief durch die Nase.

„Weil du mich jetzt am Hals hast." Er scheint zu denken, dass das etwas schlechtes ist. Sein schuldbewusster Blick verwirrt mich.

„Was, wenn mir die Idee gefällt?" dränge ich sanft. „Was, wenn ich kein Problem damit habe dir Zeit zu geben, um um Bella zu trauern? Könntest du wenigsten aufhören so zu tun als... würde ich nicht existieren?"

Er nickt unbeholfen. „Nun, das kann ich tun. Aber mit dem

ganzen Frazetti-Mist wird es noch eine Weile dauern, bis alles wieder normal läuft."

Ich spüre einen winzigen Hauch von Hoffnung. Er verhält sich nicht, als würde er mich hassen. Er bittet mich nur um Zeit, um sich selbst zu finden. „Ich bin... froh, dass du mich nicht hasst."

Er lächelt mich traurig an. „Das könnte ich nie."

„Aber was ist mit deiner Mutter? Die Situation heute hat mich wirklich durcheinander gebracht." *Klären wir die Dinge?*

Er schenkt mir einen entschuldigenden Blick. „Meine Mutter ist seit Dads Tod etwas neben der Spur. Das ist natürlich keine Entschuldigung für ihr Verhalten. Ich werde ihr sagen, dass sie dich in Ruhe lassen soll."

„Danke."

Er ist dabei sich umzudrehen, als es aus ihm herausplatzt: „Du musst wissen... es liegt nicht an dir. Hätte man uns in Ruhe gelassen, hätten wir einen Weg gefunden. Wäre ich dir in ein paar Jahren begegnet, mit etwas mehr Abstand zu Bellas Tod..."

Ich lächle ihn durch meine tränengefüllten Augen an. „Ich verstehe schon. Lass mich... nur nicht soviel alleine, okay?"

Er nickt mir zu und seine Augen sind wieder etwas heller. „Okay."

18

Armand
Es ist ein harter Winter. Alexandra ist untergetaucht. Ich habe Spezialisten auf die Suche angesetzt, aber bisher ohne Ergebnis.

Eingesperrt im Haus, gibt es kein Entkommen vor Mutters Neugier und der ständigen Einmischung. Ich muss Daniela ständig vor ihr retten; ihr Bedürfnis nach weiteren Enkeln bringt sie dazu, die Grenzen und die Komfortzone meiner Frau komplett zu ignorieren. Und jedes Mal, wenn ich Daniela von ihr erlöse, geraten wir in Streit.

Aber das ist es Wert, denn Daniela ist etwas weniger unglücklich.

In Danielas Zimmer stehen nun ein Kinderbett, ein Laufstall und ein Schrank voller Umstandskleidung. Ihr Bauch ist ganz schön gewachsen. Dem Kind geht es gut. Der Geburtstermin ist Mitte März.

Wir kommen auch besser miteinander klar. Es ist zwar nicht mehr, wie vor der Hochzeit aber sie verhält sich nicht länger so, als könnte sie es nicht ertragen, mit mir in einem Zimmer zu sein.

Miteinander schlafen ist erst einmal aus mehreren Gründen gestrichen. Nicht nur wegen des ganzen Mist, der gerade zwischen uns abläuft. Danielas Bauch ist riesig und empfindlich. Manchmal habe ich das Gefühl, mein Schwanz steht kurz vor der Explosion, da er nicht gebraucht wird. Doch abends kann ich mich von hinten an sie lehnen, mein Gesicht in ihren Nacken vergraben und gemeinsam können wir wieder gut schlafen.

Laura ist in den vergangenen sechs Monaten weitere zwei Zentimeter gewachsen. Sie wird irgendwann so groß und würdevoll wie ihre Großmutter - die sich zwar über mich ärgert, aber immer aufgeregter wird, je näher der Geburtstermin rückt.

Aber der Winter und das Warten machen mich wahnsinnig.

Ende Februar bekommen wir endlich eine Pause. Einer meiner Söldner, die ich auf Alexandra angesetzt habe, macht mir ein sehr schönes Geschenk.

„Wo zur Hölle hat Carmela sie aufgespürt?" frage ich Tony und eile in den Keller. Mein Hemd ist noch nicht ganz zugeknöpft - er hat mich aus der Dusche geholt.

„Mallorca. Schwer bewacht. Aber nachdem die Wachen erledigt waren, ist sie ohne Probleme mitgekommen. Sie sagt, sie will einen Deal."

Ich betrete den Verhörraum, in dem Alexandra mit einem müden und besorgten Gesichtsausdruck sitzt - das komplette Gegenteil von ihrer üblichen, eisigen Überlegenheit. Sie trägt ein weißes Kleid und das Haar zu einem einfachen Pferdeschwanz gebunden. Als sie mich sieht versucht sie, vom Stuhl aufzustehen. „Ich muss mit dir reden!" schreit sie.

„Ja, das habe ich gehört." Ich fasse meine Waffe nicht an und ich baue mich nicht vor ihr auf. Ich halte ein wenig Abstand zu ihr. „Was zur Hölle ist los?"

„Du musst mir helfen von meinem Vater wegzukommen!" sagt sie - und in diesen normalerweise harten Augen, steigen Tränen der Verzweiflung auf.

Tony und ich schauen uns verwundert an und dann nicke ich ihr zu. „Sprich weiter."

Sie redet. Ich höre zu. Manchmal stelle ich Fragen. Nach zehn Minuten sind die Handschellen ab und sie zeigt mir die heilenden Blutergüsse an ihren Armen und Waden.

„Er macht das, seit dem Tod deiner Mutter?" frage ich mit fester Stimme. Bei diesem Typen überrascht mich gar nichts mehr.

„Ja." Sie wischt sich die Tränen von der Wange. „Ich dachte, wenn ich dich dazu bringe, mich zu mögen, würdest du mir helfen."

Ich starre sie an, ihre ungeschickte Schwanz Berührung während der Versammlung macht plötzlich Sinn. „Oh Scheiße. Schatz, pass auf. Alles was du hättest tun müssen, wäre mir eine dämlich Nachricht zu geben, okay?"

„Nein, das wusste ich nicht!" schreit sie mit zitternder Stimme. „Ich bin solche Typen wie dich und Tony nicht gewohnt. Ich bin Typen wie ihn gewohnt, Typen wie mein Vater!"

„Oh Gott. Okay. Es tut mir leid." Ich strecke meine Hände aus. „Pass auf. Ich werde dir helfen. Ich muss dich auch nicht als Geisel halten, solange du mitmachst. Verstehst du, was ich sage?"

„Ja", haucht sie. „In etwa schon."

„Ich werde dich in einen sicheren Unterschlupf bringen, du hältst dich verdeckt, bis ich mit - Carlo fertig bin." Ich konnte nicht 'deinem Vater' sagen. Er misshandelt sie. „Du wirst aber etwas schauspielern müssen und einen verängstigten Telefonanruf tätigen müssen oder zwei. Und... ich brauche ein paar Informationen."

Alexandra war immer eine Zicke. Mir war nicht klar, dass das ein Panzer war. Doch in diesem Moment spiegelte sich wahre Entschlossenheit in ihrem Gesicht wider. „Alles, was ich weiß."

„Ich muss wissen, wo dein Vater die Familien seiner Männer festhält."

Sie nickt einmal. „In einem Lagerhaus in Bronx. Ich war dort."

Nachdem wir Alexandra unter strenger Bewachung an einen sicheren Ort gebracht haben, besprechen Tony und ich unsere Strategie.

„Oh Gott," haucht Tony und spricht damit das aus, was ich denke. Wir sind auf dem Weg zum Besprechungszimmer, ich habe jeden verfügbaren Mann herbestellt. „Carlo hat nicht eine einzige, loyale Person in seinem Umfeld—nur eingeschüchterte. Das ist einfach... verrückt."

„Ich weiß," seufze ich. „Aber das ist seine Achillessehne. Die

Männer, die wir geschnappt haben... es wird Zeit, ihre Familien zurückzubringen."

Eine halbe Stunde später wird Carlos Lagerhalle von einem Deckmantel der Stille eingehüllt. Wir haben die Telefonleitung gekappt und Störsender für Handys und Funkgeräte platziert. Um unbemerkt reinzukommen, schalten wir den Strom in der Nachbarschaft für einen Augenblick ab. Dann lassen wir uns von unseren neuen Rekruten den Weg zeigen.

Die Wachen sehen einen Haufen von Frazettis Männern und ziehen nicht einmal ihre Waffen. Blondie ist der erste, der sich einen greift. „Nicht bewegen, Joey!"

„Mike, was zur Hölle? Was soll das?"

„Ich will meine Frau und mein Kind zurück, das ist los. Und das gilt für uns alle." Er drückt dem kleineren Mann die Waffe an die Schläfe. „Und jetzt öffne die verdammten Käfige!"

„Ich kann nicht," murmelt er. Als ich auf ihn zugehe, reißt er die Augen auf. „Meine Frau haben sie auch."

„Was du nicht verstehst ist, dass *du* 'sie' bist." erkläre ich ihm ruhig. „Das ist deine Chance, dir deine Familie zu schnappen und von hier mit heiler Haut zu verschwinden. Nutze sie oder willst du für ein Schwein wie Carlos sterben?"

Er dreht sich um, gibt den Code ein und lässt uns rein.

Drinnen herrscht Chaos. Aber zu meinem Erstaunen, ein fröhliches Chaos. Im Lagerhaus stehen reihenweise Käfige, in denen Frauen, Kinder und ältere Menschen sitzen. Die Männer - manche von ihnen tragen Uniform - haben die Chance sofort ergriffen und die Käfige geöffnet. Da es nicht genügend Schlüsselkarten gibt, um alle Käfige gleichzeitig zu öffnen, werden einige ungeduldig und benutzen Bolzenschneider.

„Das war verdammt riskant," sagt Tony.

Ich nicke zustimmend. „Das war es wert. Irgendwelche Gegenwehr?"

Er schüttelt den Kopf. „Gebäude eingenommen, ohne einen Schuss abgefeuert zu haben. Ich sage dir, Mann, dein Vater wäre stolz auf dich."

Ich lächle zurück. „Ja, das hoffe ich."

Er bläst die Backen auf und schaut sich um. „Weißt du, du hast gerade jedes Druckmittel gegen seine Männer zunichte gemacht und soweit er weiß, hältst du seiner Tochter gerade eine Waffe an den Kopf. Er wird sich rächen."

„Er wird es versuchen. Aber in diesem Fall muss er eine Waffe in die Hand nehmen und es selbst erledigen." Ich grinse breit. „Und es wird eine Weile dauern, bis ihm das klar wird. Wenn die Bodyguards erst einmal einen Anruf von ihren Frauen erhalten und erfahren, dass wir ihnen helfen, werden sie entweder einfach abhauen oder den Pisser selbst erschießen."

„Das wird eine Weile dauern. Er lässt seine Leute bei der Arbeit keine eigenen Telefone tragen." Mike ist geblieben. Er hält eine lächelnde, leicht verletzte Frau in einem, und ein zerwühltes aber grinsendes Kleinkind in dem anderen Arm.

Als ich das Kind sehe, muss ich mich dazu zwingen, nicht zu fluchen. Tony schnaubt und verdreht die Augen. Ich stoße ihn mit dem Ellenbogen leicht an. „In Ordnung, das sorgt für etwas Verzögerung. Aber bis morgen früh sollte das alles erledigt sein."

Ich bringe die Mission zu Ende und bin bereit, nach Hause zu fahren, als mein Telefon plötzlich klingelt. Meine Mutter. „Ist zuhause alles in Ordnung?" Frage ich sofort.

„Danielas Fruchtblase ist geplatzt", kommt die nüchterne Antwort. „Du musst nach Hause kommen."

„Heilige Scheiße." Ich winke Tony zu, der sofort losläuft, um das Auto zu holen. „Wie geht es ihr? Hol sie ans Telefon!"

„Oh, sie ist bereits im Krankenhaus", entgegnet sie heiter. „Aber du musst sofort nach Hause kommen."

Ich erstarre und mir gefriert das Blut in den Adern. „Was soll das heißen?"

„Carlo hat mich angerufen. Er hat Danielas Krankenakte in die Finger bekommen, inklusive ihrer heutigen Aufnahme. Er schickt Männer, um euch alle zu töten. Geh nicht hin." Ihre Stimme klingt merkwürdig schwach und hoch.

„Du denkst, ich lasse meine Frau und mein Kind schutzlos

zurück, um meine eigene Haut zu retten?" Mein Herz schlägt immer schneller und für einen kurzen, erschreckenden Moment bin ich froh darüber, dass meine Mutter nicht vor mir steht. Es wäre möglich, dass ich sie erwürge.

„Du bist der Don. Wir brauchen dich. Laura braucht dich. Du kannst noch andere Kinder haben. Und ein anderes Kindermädchen." Sie klingt fürchterlich vernünftig... so ruhig. So verrückt.

„Ich gehe," schnauze ich sie an - und sie explodiert förmlich.

„Nein! Nein, du kommst hierher! Du kommst jetzt nach Hause, du undankbarer, kleiner Junge! Du riskierst nicht dein Leben und die Macht deiner Familie in dieser Stadt für eine Angestellte, die du geschwängert hast!"

„Ich lege jetzt auf Mutter, bevor du noch etwas sagst, was uns beiden Leid tun wird." Und ich tue es, während sie mich weiter anschreit. Und auch, wenn ich mir gerade Sorgen um Daniela mache, gibt mir das ein gutes Gefühl.

Doch damit kann ich mich nicht aufhalten. Ich wende mich an Mike. „Ich brauche deine Hilfe."

Er nickt einmal kurz. „Alles."

19

Daniela
Alle Atem- und Rumpfübungen der Welt hätten mich hierauf nicht vorbereiten können. Ich bin benommen von der Epiduralanästhesie, mir brummt der Schädel und die letzten Schmerzen plagen mich noch immer von Kopf bis Fuß. Die Schwestern wuseln noch immer um mich herum, reinigen Instrumente und prüfen, wie weit sich mein Muttermund bereits geöffnet hat. Jedes Mal wenn eine Schwester zu mir kommt, zwinge ich mich dazu, sie nicht darum zu bitten, mich vollständig ruhigzustellen.

Ich weiß nicht, wo Armand ist. Seine Mutter hat versprochen, ihn anzurufen und ihm Bescheid zu sagen. Das war vor einer halben Stunde. Bei dem Gedanken daran, das hier alleine durchstehen zu müssen, wird mir Angst und Bange.

Ist es ihm egal? Kann er nicht kommen? Oder lügt sie mich an und hat ihn gar nicht angerufen?

Mich durchfährt eine weitere Wehe und ich hole tief Luft. *Armand und seine Leute waren kaum weg, als es bei mir losging. Vielleicht ist er noch beschäftigt und weiß es noch gar nicht.*

Doch wie lange wird er noch weg sein? Ich habe solche Angst. Ich will da nicht alleine durch.

Doch das interessiert meinen Körper nicht, und schon bald beschäftigt mich nichts mehr, außer mein Kampf gegen den Schmerz und die Angst.

Neben mir steht einer der Ärzte. Seine Stimme klingt zwar beruhigend, doch mich entspannt das kaum. „Ihr Muttermund weitet sich ziemlich schnell. Der Herzschlag des Babys ist gut. Wir werden die Vitalwerte von ihnen beiden vom anderen Zimmer aus beobachten, bis ihre Wehen in kürzeren Abständen kommen."

„Okay," antworte ich.

Er beendet seine Untersuchung und verlässt das Zimmer. Etwas später höre ich erneut Schritte im Zimmer.

„Armand?" Hoffnungsvoll hebe ich meinen Kopf - und starre geschockt einen Mann im Arztkittel an, der eine Waffe auf mich richtet.

„Tut mir leid," sagt er.

Mir gefriert das Blut in den Adern, als er die Türe schließt und auf mich zukommt, die Pistole weiter auf mich gerichtet. „Was... warum..."

„Ist nichts Persönliches," murmelt er. Er kann mir nicht in die Augen sehen. „Falls es etwas bedeutet Lady, wäre es meine Entscheidung... dann wäre ich nicht hier."

„Das ist ein ziemlich beschissener Trost, mit einer Waffe in der Hand," entgegne ich ihm und versuche, etwas Zeit zu gewinnen. Es muss nur jemand hereinkommen und den Alarm auslösen. *Bitte.*

„Ich weiß. Sehen Sie, es ist... Frazetti. Niemand kann ihn leiden— und wir machen das alles auch nicht, weil es uns gefällt." Er klingt, als wolle er sich dafür entschuldigen, dass er überhaupt hier ist. „Er hat meine Ma."

Ich starre ihn an. „Als Geisel?"

Er fühlt sich so schuldig eine schwangere Frau, die in den Wehen liegt zu erschießen, dass er zittert und stotternd eine Entschuldigung herausbringt. „Ja. Darum muss ich sie erschießen. Es tut mir wirklich sehr leid, Lady."

Ich kann um Hilfe rufen... doch wenn dieser Typ ohnehin unter Zwang handelt, wird es ihn oder seinen Boss wenig kümmern, ob er hier lebend wieder rauskommt. Zitternd starre ich ihn an, dann durchfährt mich eine weitere Wehe und ich schreie vor Schmerz.

Die Tür springt auf.

Es dauert einen Augenblick, bis ich die dunkle Figur erkenne, die durch die Türe kommt. Doch dann höre ich seine Stimme - Armands Stimme—die voller Wut durch den Raum schallt. „Du hältst dich verdammt nochmal von meiner Frau fern!"

Der Mann mit der Waffe dreht sich um und richtet sie nun auf Armand, der ebenfalls eine Waffe in seiner Hand hält und ein Telefon in der anderen. „Du kommst keinen verdammten Schritt näher!"

„Bleib ruhig,"erwidert Armand mit kühler, kontrollierter Stimme und meine Panik legt sich ein wenig. „Du hast die Wahl hier, Danny Cortese."

Der Typ erstarrt. „Woher kennst du meinen Namen?"

„Einer deiner Mitarbeiter hat uns erzählt, welche von Carlos Handlangern wir noch nicht erwischt haben. Wir haben die Auswahl eingeschränkt, indem wir uns um die Geiseln gekümmert haben."

An seiner Haltung kann ich Dannys Schock erkennen. „Moment, ihr habt was?"

„Am anderen Ende der Leitung hier ist eine nette Dame, die ich vor einer halben Stunde befreit habe und sie würde gerne mit ihrem Sohn sprechen. Doch er bekommt das Telefon erst, wenn er seine verdammte Waffe ablegt. Ansonsten fängt er sich eine Kugel ein."

Danny schnappt nach Luft. „Das kann nicht stimmen. Ihr könnt unmöglich alle befreit haben, selbst wir konnten keinen Weg finden -"

Armand zuckt die Schultern und schaltet den Lautsprecher ein.

„Danny?" erklingt eine nervöse, zitternde Stimme. „Danny, geht es dir gut? Mach bitte keine Dummheiten, Danny. Mir geht es gut. Diese netten Männer sind gekommen und haben uns befreit."

Er legt die Waffe auf einen Stuhl, macht einen Schritt nach vorne und schnappt sich das Telefon. „Ma? Ma? Geht es dir gut?" Er eilt aus dem Zimmer und ist dabei so abgelenkt, dass er Armand gar nicht mehr beachtet.

Armand, der ihn jetzt ganz einfach hätte erschießen können, lacht nur und steckt seine eigene Waffe ein. Dann eilt er an meine Seite und lehnt sich zu mir. „Hey Süße. Ich bin spät dran, tut mir leid."

„Du warst da draußen... und hast eine Gruppe von Menschen befreit?" Das klingt ganz nach ihm - aber es klingt nicht nach einem Gangster und das überrascht mich auf positive Weise.

„Nun... ja." Er lächelt mich etwas komisch aber liebevoll an. „Wie geht es dir?"

„Ich liege in den Wehen und irgendein Typ hat mich mit einer Waffe bedroht. Können wir bald Urlaub machen? Ich habe das alles so satt!" Ich spüre eine weitere Wehe und wimmere.

Er gibt mir seine Hand, damit ich sie drücken kann und streicht mir mein verschwitztes Haar nach hinten. „Sag mir einfach, wo du hinwillst und ich kümmere mich darum. Aber erst erledigen wir das hier."

„Was ist mit... Ich meine, ist er...“

„Carlos ist erledigt. Sogar seine Tochter verachtet ihn. Entweder wird er bald von jemandem umgelegt, der ihm nahesteht oder einer seiner Feinde erledigt das." Er lehnt sich zu mir herunter und küsst mich zärtlich auf die Stirn, dann auf den Mund.

„Du bist gerade rechtzeitig gekommen." sage ich leise und bin so dankbar, dass mir die Tränen in die Augen schießen.

„Ich hätte von Anfang an hier sein sollen." Er setzt sich in den Stuhl, der neben meinem Bett steht. „Doch jetzt bin ich da. Und ich gehe nirgendwo hin, Baby."

20

Daniela

„Okay, wessen Geschenk ist als nächstes an der Reihe?"

Es ist wieder Weihnachtszeit - mein erstes Weihnachten als Mutter und Ehefrau. Unser aufwändiges Familienfest hat schon stattgefunden und mir ist es sogar gelungen, die zu persönlichen Fragen seiner Mutter zu ignorieren.

Aber das hier? Das ist unser Fest.

Zu Armands Hütte in den Catskills gehören 8 Hektar Land. Armands Vater hat es als Jagdhütte genutzt und nun ist es unser gemütlicher Rückzugsort für den Winter.

Laura ist jetzt sechs Jahre alt und wächst wahnsinnig schnell. Vor ein paar Monaten habe ich sie offiziell adoptiert und im Stillen habe ich Bella versprochen, mein Bestes zu tun. Seit meiner Zeit, als ich als Kindermädchen eingestellt wurde, ist sie viel glücklicher und lebhafter geworden und sie liebt ihre kleine Schwester.

Im Moment steht sie an ihrer neuen Staffelei und malt ein Bild mit ihren neuen Pinseln auf ihrem neuem Malblock. Sie wird es brauchen. Wir sind wieder regelmäßig gemeinsam im Atelier und meine Landschaften sehen auch wieder freundlicher aus.

Audrey, die gerade aufgeregt in meinen Armen herumwackelt, wird in drei Monaten ein Jahr alt. Sie ist ein süßer Engel, der seine große Schwester vergöttert. Ihre blau-grauen Babyaugen zeigen bereits einen Schimmer von gold und grün.

Armand trägt eine Weihnachtsmann Mütze, die Laura ihm aufgesetzt hat. „Sieht aus, als hat Audrey etwas bekommen!" Er wackelt mit einem lilafarbenen Stoffbären vor ihr herum.

Audrey quietscht vergnügt, tritt und greift nach dem Bären. Dann steckt sie sich augenblicklich eine Pfote in den Mund und beginnt, darauf herumzukauen.

„Warum isst sie den Bären?" Laura wendet den Blick von ihrer Staffelei zu ihrer kleinen Schwester.

„Babies tun so etwas. Deswegen darf sie auch nicht in die Nähe deiner Bilder." Ich befreie die Bärenpfote aus Audreys Mund und gebe ihr stattdessen einen Schnuller.

Aber Armand ist noch nicht fertig. Er kommt zu mir und überreicht mir ein kleines Geschenk. „Das ist schon längst überfällig", sagt er geheimnisvoll, setzt sich zu mir auf die Couch und beobachtet, wie ich es auspacke.

Ich zögere einen Moment, packe es dann aber aus. Eine Ringschachtel kommt zum Vorschein und als ich sie öffne, starrt mich ein weißgoldenes Ringset mit einem Blauregenmuster an.

Abwechselnd starre ich die Ringe und Armand an. *Oh mein Gott.*

Es hat eine Menge Zeit und Arbeit gekostet, um an den Punkt zu gelangen, an dem wir jetzt sind - sichere Ferien. Und weder Armands Arbeit noch seine Mutter machen Probleme. Und wir sind zusammen - richtig zusammen, nach der ganzen Zeit. „Das ist wunderschön."

Carlo ist weg. Müllmänner haben ihn mit dem Gesicht nach unten aus dem East River gefischt. Keiner weiß, wer es getan hat—es könnte sogar seine Tochter gewesen sein.

Armand erzählte mir, dass die Hälfte der Frazetti Leute und deren Familien, die Stadt verlassen haben und der Rest arbeitet jetzt für uns. Carlos Tochter hat einen Haufen Geld geerbt und ist verschwunden. Und wir alle haben vor Erleichterung durchgeatmet.

Während wir diese Hürde aus dem Weg schaffen konnten, sorgt Armands Mutter von Zeit zu Zeit noch immer für Probleme. Sie will mir erzählen, wie ich die Mädchen erziehen muss. Manchmal will sie Dinge von mir wissen, die sie nichts angehen. Dann springt Armand mir zur Seite und droht damit, sie in ein Pflegeheim zu stecken, wenn sie mich nicht in Ruhe lässt. Dann zieht sie sich schmollend zurück.

Sie wird wohl noch stärker schmollen, wenn sie diese Ringe sieht.

„Ich bin nie dazu gekommen etwas Besonderes für dich auszusuchen, als wir geheiratet haben. Das wollte ich wieder gut machen. Es gefällt dir also?"

Lächelnd küsse ich ihn. „Es ist wunderschön."

„Nicht so schön wie du", antwortet er und nimmt mein Gesicht in seine Hände. „Ich liebe dich, weißt du?"

Lächelnd nicke ich und erinnere mich daran, dass diese Worte vor einem Jahr noch völlig unvorstellbar waren. Es hat zwar einige Zeit gedauert und es war ein holpriger Weg, aber seit Armand erkannt hat, dass er mich liebt, vergeht kein Tag an dem er es mir nicht sagt.

Später, als die Mädchen im Bett sind, kuscheln wir noch ein wenig auf dem Sofa. „Glaubst du, du überstehst die große Neujahrsparty?" fragt er leise und vergräbt seine Nase in meinem Haar. „Ich würde es verstehen, wenn du nein sagst - Ich weiß, dass die Kinder dich den ganzen Tag auf Trab halten."

„Ich schaffe es schon." Ich lehne meinen Kopf an seine breite Schulter und er küsst meine Schläfe.

„Gut. Ich werde dich rausschmuggeln, wenn es Mitternacht schlägt." Er zwinkert mir zu, lehnt sich zu mir und küsst mich zärtlich.

Während wir uns vor dem Kamin ausziehen und gegenseitig streicheln, muss ich an den Tag denken, an dem ich Armand zum ersten Mal traf. Damals war ich nur ein verzweifeltes Mädchen, auf der Suche nach einer ehrlichen Arbeit - und er war ein notgeiler, flirtender Witwer.

Menschen ändern sich. Sie wachsen. Und sie genesen.

Die Weihnachtslichter an den Wänden verschwimmen vor

meinen Augen, als er meine vollen, schmerzenden Brüste küsst und meine Brustwarzen mit seiner Zunge erregt. Als er in mich eindringt, halte ich ihn voller Glück fest und gemeinsam bewegen wir uns in dem bunten Schein der Lichter.

Am Anfang war unsere Liebe ein harter Kampf. Doch am Ende war sie jede Träne wert.

Ende.

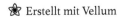 Erstellt mit Vellum

CPSIA information can be obtained
at www.ICGtesting.com
Printed in the USA
LVHW020100040121
675552LV00010B/382

9 781648 087042